SOPHIE SUMBURANE, geboren 1987 in Potsdam, studierte Germanistik und Afrikanistik an der Universität Leipzig sowie am Deutschen Literaturinstitut Leipzig und promoviert an der Alpen-Adria-Universität Klagenfurt über forensische Linguistik. Sie ist Autorin mehrerer Kriminalromane, schreibt für verschiedene Medien und engagiert sich gegen Rassismus und Rechtsextremismus. Sie ist Teil des Netzwerks »Herland – feministischer Realismus in der Kriminalliteratur« und wurde 2019 ins PEN-Zentrum Deutschland gewählt.

SOPHIE SUMBURANE

TOTE WINKEL

KRIMINALROMAN

EDITION NAUTILUS

Edition Nautilus GmbH

Schützenstraße 49 a

D - 22761 Hamburg

www.edition-nautilus.de

Alle Rechte vorbehalten

© Edition Nautilus 2021

Deutsche Erstausgabe September 2022

Umschlaggestaltung:

Maja Bechert

www.majabechert.de

Porträt der Autorin auf Seite 2:

© Ben Gross Portraitfotografie

Druck und Bindung:

CPI – Clausen & Bosse, Leck

1. Auflage

ISBN 978-3-96054-299-5

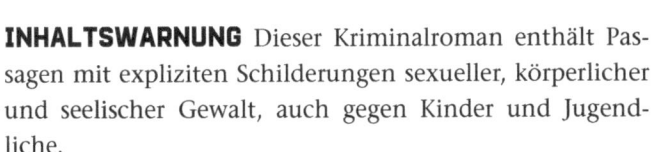

INHALTSWARNUNG Dieser Kriminalroman enthält Passagen mit expliziten Schilderungen sexueller, körperlicher und seelischer Gewalt, auch gegen Kinder und Jugendliche.

Für Frau K., für J. mit den goldenen Tapeten, die wunderschöne St. und für R. und ihre leere Pillenschachtel an meinem Geburtstag. Nicht zu vergessen K., S., B. und P. und euch anderen für die Teile zum Puzzle.

Every lie creates a parallel world, the world in which it is true.
Momus

Du kannst das Paradies nicht finden, ohne es zu zerstören.
Georg Forster

VORSPIEL

1986

Ich bin 28 und trage eine Windel. Um mich herum sind ausschließlich frisch entbundene Frauen mit Windeln, doch keine von ihnen würde laut sagen, dass es so ist.

Ich stehe am Fenster mit Blick auf eine Baustelle, sehe den Kränen beim Drehen zu und spüre, wie Blut aus mir herausläuft.

Das mintgrüne, schlauchförmig geschnittene Krankenhaushemd, das es nur in Größe XL oder XXL zur Auswahl gab, spannt an meiner Brust und am Bauch, schlackert sonst um meinen Körper und hat ominöse Flecke an Stellen, die ich selbst nicht sehen kann. Erste Tropfen der einschießenden Milch, Blut, Tränen, von wem ist unklar. Die weißen Knöpfe kurz unter dem Schritt sind offen, ich komme nicht an sie heran, um das zu ändern, außerdem hat hier sowieso schon jede meine Windel gesehen. Eitelkeiten haben sich abgespalten von mir, wie meine Selbstwahrnehmung überhaupt. Nicht einmal meiner Augenfarbe bin ich mir sicher, während ich hier stehe, frisch entbunden, aber ohne Baby, dafür mit großen Mengen an gegensätzlichen Gefühlen im Bauch. Und jetzt steigt er wieder hoch in mir, der Schwindel, ich sollte mich setzen, ins Bett legen und schlafen, endlich schlafen, doch ich stehe hier und versuche, mich auf den Kran vor dem Fenster zu konzentrieren, an dem etwas Schweres hängt, von dem mir scheißegal ist, was. Ich kralle mich an das Fensterbrett, von dem die Lackfarbe abblättert, sehe hinaus auf die vereinzelt vor-

beifahrenden Autos, die trotz der Helligkeit mit einge-
schalteten Scheinwerfern fahren, sehe die sich im Wind
biegenden Bäume mit den ersten Frühlingszeichen. Die
Birke dort blüht, die Esche auch. Die grünen Blüten ver-
künden den März, ich kann sie riechen durch die Scheibe,
möchte sie riechen können, denn gerinnendes Blut hat
einen eher unangenehmen Geruch. Rund um die Esche
führt ein Sandweg, auf dem die Menschen von mir weg
oder zu mir hin laufen, auf dem Weg zur Arbeit, zur frisch
entbundenen Freundin mit dem ersten Baby, zum Bäcker,
zur Darmspiegelung oder der todbringenden Diagnose. Ihren Gesichtern ist das nicht anzusehen. Die Menschen unter der Esche, die stehen bleiben, um nach der Lungen-
krebsdiagnose erstmal eine zu rauchen, die das Gegenüber
überschwänglich grüßen und hoffen, der merke nicht, dass
einem der Name entfallen ist, ja alles klar, alles gut, alle
gesund, klar grüße ich zu Hause. Ihnen stehen die LaLeLu-
Gespräche auf den Lippen. Ich sehe die Menschen vor dem
Krankenhausfenster, die leben, als sei der heutige Tag wie
der gestrige, und fühle mich plötzlich abgehängt. Wie früher im Kindergarten, wenn ich wie so oft das Bild der anderen zerrissen hatte und ihnen nun von der weißen Wand
aus beim Spielen zusehen musste. Das Spiel des Lebens, ich
habe es noch nie gemocht, aber mitspielen will man ja
trotzdem. Hier jedoch kommen zehn Jahre jüngere Prakti-
kantinnen mit Plastikschild an der gestärkten Bluse aus La-
kenstoff ins Zimmer, fragen mich nach meinem Stuhlgang
und haben die Macht, mir zu verbieten, aufs Klo zu gehen.
Genau wie im Kindergarten. Zurückgeworfen um Jahr-
zehnte durchs Kinderkriegen. Dieses Verbot ist nun eine
halbe Stunde her, etwa so lange, wie ich schon hier stehe
und gegen den Schwindel kämpfe. Um mich herum klingen die Gespräche der anderen Frauen, ihr Stöhnen und
Weinen, wie ein entferntes Brummen, das Hin und Her der
Hebammen, die von Frau zu Frau immer wieder die Trenn-
wände aus Stoff umrunden, wie leises Klappern. Immer

weiter weg sind die Geräusche, immer kleiner mein Sichtfeld, immer deutlicher die Bilder der letzten Nacht. Plötzlich die Platzangst, sie lähmt mich, wie gut, dass ich in
einem Krankenhaus bin.

»Ich weiß auch nicht, was los war. Danke, geht schon. Ja,
kurz war mir schlecht.«
Ich liege wieder in meinem Bett, ein Glas Wasser an den
Lippen, die Hälfte davon auf der Bettdecke.
»Die Hormone, Schwindel. Kenn das ja schon, ist ja
nicht mein erstes Kind. Danke. Es geht wieder.«
Die Schwesternschülerin schaut mich noch einmal prü-
fend an, zieht ihren Arm vor meinem Gesicht weg und
nickt. »Aber klingeln, wenn was ist«, sagt sie und schiebt
die Brille den Nasenrücken hinauf.
Aus mir heraus laufen Blut und Tränen, in mich hinein
strömen die Erinnerungen an die vergangene Nacht. Ich
lasse den Kopf ins Kissen sinken und schließe die Augen,
um mich herum fängt das Dunkel an sich zu drehen, ein
Stimmengewirr in meinem Kopf.
»Susi?«, hatte mein Mann vorhin, kurz nach der Geburt,
mit dem Bündel im Arm gesagt, im Gesicht ein dünnes Lächeln. Irgendwo im Raum schrie ein Baby, mein Baby,
wusste ich, sah es nicht, doch das Bündel dort war vollkommen still.
»Willst du ihn nehmen?«, fragte mein Mann und meinte unseren Sohn. Ich sagte nichts, bekam das Bündel von
ihm auf den Bauch gelegt und konnte es nicht ansehen.
»Willst du dich verabschieden, Susanne?« Meine Tochter
dagegen schrie, die Hebamme drehte sie herum, legte ein
Maßband an den winzigen Körper, verkündete eine Zahl
und versuchte, Freude zu verbreiten. Die Sensoren auf meinem leeren Bauch hingen funktionslos an mir, keine Herz-
töne mehr da, die es zu überwachen galt, keine Wehen
mehr zu messen, kein Leben mehr zu retten. »Was für eine
Hübsche«, rief die Hebamme, legte das Maßband um den

rot angelaufenen Kopf, verkündete eine weitere Zahl und versuchte es erneut mit der Freude. Mein Sohn aber lag noch immer auf meinem Bauch, in ein Handtuch gewickelt, und schrie nicht. Wenn er doch wenigstens einmal geschrien hätte. Nur ein einziges Mal seine Stimme hören, einen einzigen Atemzug hatte ich mir gewünscht, nichts bekommen. »Deine wunderschöne Tochter«, sagte mein Mann.

»Hier ist sie, sieh nur, bei mir weint sie nicht mehr. Sie ist so klein.«

»Geben Sie sie ihr erst später«, hörte ich die Hebamme sagen.

Später, da werde ich wissen, dass ich in diesen Stunden unter Schock stand. Später, da wird mein Sohn eingeäschert und begraben sein, ganz so, wie wir es für ihn vorbereitet haben. Später, ja später wird alles geklärt sein. Jetzt saß ich im Kreißbett, mit einem toten Baby im Arm, das mein Sohn war. Seit 21 Wochen habe ich gewusst, dass dieser Tag kommen würde. Gewusst, dass ich einen Zwilling gebären werde, der direkt danach stirbt, tatsächlich schon tot zur Welt kommt. Doch was bringt mir dieses Wissen heute? An Tag X ist es vorbei mit der Hoffnung, die eigentlich nie da war. Anenzephalie ist Anenzephalie, ob ich nun hoffe oder nicht.

TEIL I

1

HEUTE

So oder so ähnlich muss es abgelaufen sein, damals, bei meiner Geburt. Sagt meine Mutter. Ich habe gelernt, ihr nicht zu widersprechen, also weiß ich heute, ich bin der lebende Zwilling am Ende einer Tragödie, die es in der damaligen DDR wohl nicht sehr häufig gab. Meistens wurden und werden noch heute solche Schwangerschaften abgetrieben. Ich verdanke mein Leben also der Sturheit meiner Mutter. Ich lebe gut mit diesem Wissen. Sagt meine Mutter. Es ist alles gut heute. Bei ihr, wie auch bei mir. Alles ist gut, ich und meine beiden älteren Schwestern sind erwachsen geworden. Ich bin heute selbst Mutter von zwei kleinen gesunden Kindern, bin um Tragödien und Kaiserschnitte herumgekommen. Ich bin verheiratet mit einem gut verdienenden Mann, wir haben ein Häuschen am Stadtrand mit viel landschaftlichem Grün hinterm Gartenzaun und alles ist gut. Jeden Mittwoch kommt ein junger Student, dem ich 15 Euro auf das kleine Schränkchen neben der Haustür lege, damit er die fünf Zimmer und zwei Bäder putzt. Jeden Mittwoch, wenn ich nicht zu Hause bin, obwohl ich, wie mein Mann sagt, nicht arbeite. Ich nehme dann mein Buch, fahre mit dem Rad 20 Minuten in die Innenstadt und setze mich unter irgendeinen Sonnenschirm in irgendein Café auf der Brandenburger Straße oder auf die Wiese der Freundschaftsinsel, die links und rechts von Seitenarmen der Havel umschlossen ist. Ich sitze dort, lese mein Buch, bleibe nur so lange hier, wie es braucht, bis der putzende Student fertig ist, denn ich will nicht sehen, wie er putzt, meine Arbeit tut, mir zeigt, dass ich es nicht selber tun will. Ich lese, bis der Staubsauger wieder in der Abstellkammer steht, der Glasreiniger auf dem Regal, das so weit oben als Hängeboden über den Türrahmen gebaut ist, dass ich nicht herankomme. Dann stecke ich den Schlüssel ins Schloss unseres Hauses, atme den Geruch von Laminat-Reiniger und weiß, alles ist gut, unsere Mauern dick, alles gut.

Ich liebe den Mittwoch, denn ich bekomme ein sauberes Haus, saubere Böden, saubere Fenster, Bad, Küche, Kinderzimmer.

Ich hasse den Mittwoch, denn ich muss mich morgens duschen und Haare kämmen, ordentlich anziehen, schminken, Nägel lackieren, feilen und polieren. Ich muss mir die Beine rasieren, Hämatome und Pickel überschminken, den Leberfleck am Kinn tolerieren, die Haare flechten, mit Haarspray besprühen und hoffen, dass sie liegen bleiben, wie sie sollen. Alles in festgelegter Reihenfolge. Drei Mal die Bürste des Maskaras über die Wimpern links, dann rechts. Bis 15 zählen, bevor das Shampoo ausgewaschen wird. Bis 20 bei der Spülung. Die Fingernägel schrubben, bis das Nagelbett blutet. Mir wünschen, ich könnte all das lassen. Und dann muss ich in der Stadt mit übergeschlagenen Beinen auf dem Stuhl sitzen, oder auf der Wiese, und meine Füße am Einschlafen hindern und muss freundlich auf Fragen antworten, die der Kellner mir stellt, muss einen Milchkaffee trinken, obwohl ich Milch hasse, lächeln, charmant sein und nicht zu viel reden. Und wenn ich es wieder nach Hause geschafft habe, meine Welt zurück habe und die Kinder dabei habe, muss ich herumlaufen und sie ermahnen, dies und das nicht anzufassen, das ist frisch geputzt, gerade sauber, ordentlich eingeräumt, erst heute abgewischt, bis ich nach 30 Minuten aufgebe und zusehe, wie der umgekippte Apfelsaft vom Tisch auf den Boden tropft. Die Große mit ihren drei Jahren hockt sich drunter, lässt die Tropfen in ihren Mund segeln, und ich lasse die Kleine in ihrem Hochstuhl das Ganze beklatschen und auch ihren Becher umkippen, der die Große mit einem Schwall im Gesicht trifft, und beide lachen und ich weiß, jetzt muss ich auch ihre Haare waschen. Und irgendwann, wenn ich fertig bin, lange schon fertig bin, wird der Schlüssel ins Schloss geschoben und mein Mann kommt nach Hause, stellt seine Tasche irgendwo ab, meistens mitten im Türrahmen, lässt sich auf die Couch fallen und sagt, bevor ich sagen kann »Ich habe Soljanka / Hühnchen / Nudeln / Chili gekocht und mit dem Essen auf dich gewartet«: »Ich hab schon gegessen, Schatz.«

Mein Mann nimmt Rücksicht auf mich, er trägt die Haare kurz, keinen Bart, dafür eine Brille mit modischem Rand. Jeden Morgen rasiert er sich, das sehe ich im Waschbecken, jeden Morgen putzt er seine Brille, das sehe ich an dem Putztuch, das auf dem Küchentisch liegt. Jeden Morgen kocht er sich genau eine Tasse Kaffee, stellt die Tasse auf den Geschirrspüler, gibt seinen drei Mädels, wie er sagt, jeweils einen Kuss und verlässt das Haus.

Es ist alles gut bei uns.

So auch an diesem Morgen, an dem ich bereits die Kinder in die Kita gebracht und eingekauft hatte, die Sonne durch die noch frisch geputzten Fenster in die Küche schien und ich nun auf das Durchlaufen des Kaffees wartete. Meine Fingernägel klickten auf der Arbeitsplatte, ich schloss die Augen und zählte die Töne. Sah vor meinem inneren Auge fünf Stunden leere Zeit sich ausbreiten wie ein Teppich aus Teer, den ich wegzuwischen hatte. Trank den Kaffee. Bügelte die Wäsche. Las das Buch von gestern weiter. Brachte nichts von dem, was ich tat, zu Ende. Fünf Minuten, dann ließ ich alles stehen und lief im Haus auf und ab, fasste die Kinderzimmermöbel an, als müsse ich mich immer wieder neu davon überzeugen, dass all das wirklich hier war. Real, existent. Ich warf mich gegen den Kleiderschrank, wahrscheinlich schrie ich auch kurz, und rutschte am Holz entlang auf den Boden. Ging in die Küche, trank noch einen Kaffee, wischte die Maschine aus, jeder Pulverkrümel musste verschwinden. Ich bügelte wieder. Dann weinte ich kurz, bevor ich den Trockner anstellte, in dem die Wäsche von gestern seit gestern lag, der losbrummte und mir kurz das Gefühl gab, etwas erledigt zu haben. Schon 13 Uhr, dachte ich, mit Blick auf die Wohnzimmeruhr, paralysiert vom Sekundenzeiger. Ich stand gerade mitten im Raum, sagte mir mit neuen Tränen über der Netzhaut, es ist doch so schön, außer Bügeln nichts zu tun zu haben, tu doch was Schönes, dir selbst was Gutes, alles ist gut, als das Telefon klingelte. Ich zögerte kurz. Das muss die Kita sein, dachte ich, eines der Kinder ist krank, also ging ich doch ran und hörte eine Männerstimme fragend meinen Namen sagen. Doch nicht die Kita. Ich wollte auflegen, fing an, im Zimmer umherzulaufen, stieß gegen eine am Boden liegende Puppe.

Ich lebe ein entspanntes, ruhiges Leben, sagen die Menschen in meinem Umfeld über mich, mit einem tollen Mann, der sich kümmert und immer so lieb ist und so viel arbeitet und sich um uns sorgt, und alles ist gut, dachte ich mit dem Telefon in der Hand in meinem Vorstadtwohnzimmer.

Darum fiel ich aus allen erdenklichen Wolken, als ein Mann anrief, um mir zu sagen, mein Mann sei verhaftet worden. Ein Polizist, dessen Name vollkommen uninteressant ist, sagt das einfach so, am Telefon, um ein Uhr mittags an einem Donnerstag und denkt keine Sekunde darüber nach, ob ich vielleicht gerade beschäftigt sein könnte.

Und überhaupt, natürlich war das ein Fehler, falsche Verdächtigung, was auch immer. Natürlich. Alles, aber nicht die Wahrheit. Dennoch bat er mich, ins Polizeipräsidium zu kommen. Gab mir eine Adresse, ich wollte nirgendwo hin. Doch ich zog mich an, das gelbe Kleid mit den blauen Blumen, eins zwei drei, die blauen Sandaletten dazu, eins zwei drei, denn ich hatte noch die blauen Fingernägel und keine Zeit (keine Lust), sie umzulackieren. Ich kämmte durch meine kinnlangen blonden Haare, eins zwei drei, fädelte die Ohrringe in ihre Löcher, eins zwei drei, schlang mir das dünne gelbe Tuch um den Hals, eins zwei drei, und nahm das Auto zum Polizeipräsidium neben dem Lustgarten. Während der Fahrt verfluchte ich mich, meinen ständigen Zwang zu zählen, eins zwei drei, der schlimmer wurde, wenn ich nervös war, unkontrollierbar, eins zwei drei. Was hatte es mich an Training gekostet, bis ich das Zählen nur im Kopf tun konnte statt laut. Eins zwei drei, jedes Mal, bevor ich etwas tat. Nun stieg ich aus, kaufte einen Parkschein und lief das Stückchen Straße entlang, an zwei Einsatzfahrzeugen vorbei. Das von außen rosafarbene Gebäude war eingepasst zwischen andere Altbauten, verziert und so anders, als ich mir ein Polizeigebäude vorgestellt hätte. Nur das blaue Schild am Eingang gab einen Hinweis, nur der Pförtner hinter dickem Glas war ein Zeichen. Er summte mir die Tür zum Wartebereich auf, ich klingelte dort wie auf der angebrachten Tafel beschrieben, jemand holte mich ab, führte mich durch zu viele Türen, die piepsten und summten, während sie sich automatisch öffneten, bis ich in einem kleinen Büro stand, in dem ein zweiter Polizist saß und sich erhob. Mir die Hand entgegenstreckte, ich ergriff sie nicht, blieb weit genug von ihm entfernt im Raum stehen.

»Frau Zinnow, vielen Dank, dass Sie so schnell kommen konnten«, sagte er, deutete mit der Hand jetzt auf einen Stuhl vor dem Schreibtisch und setzte sich selbst wieder. Schob ein paar Papiere vor und zurück und sah schließlich auf den Computerbildschirm, an dessen Rand bunte Post-its klebten. Der Polizist, der mich abgeholt hatte, setzte sich dazu, deutete ebenfalls auf den Stuhl und rieb sich die zu große Nase. Sein Drei-Tage-Bart schien mir keine Mode zu sein, eher eine Zeitangabe für Schichtlängen.

»Setzen Sie sich doch bitte. Würden Sie uns nochmal Ihren Ausweis? Danke. Valentina Zinnow, richtig? Ja. Also, Ihr Mann, das haben Sie ja jetzt gehört, ist verhaftet worden«, setzte der an, der auf den Bildschirm schaute, schien etwas zu suchen, hielt den Finger auf den Monitor und quatschte, um die Zeit bis zum Finden zu überbrücken. Ich zählte innerlich: eins zwei drei, eins zwei drei, bis er fertig war, setzte mich endlich, eins zwei drei. Strich mein Kleid glatt, obwohl es glatt war, immer wieder, schaute meinen Händen dabei zu, um mich nicht umschauen zu müssen und sicher sein zu müssen, dass ich war, wo ich war.

Der Polizist begann zu sprechen, einleitendes Bla, Zeug und Dinge, von denen ich wusste, die ich abnickte, und sagte dann trocken, was passiert war. Ein läppischer Satz zwischen vielen stieß mir vor den Kopf. Ich war schockiert zu hören, mein Ehemann habe eine Frau vergewaltigt. Sie sei vor seinem Restaurant vorbeigelaufen, als er dabei war, Getränkekisten vom Lastwagen zu laden, er hätte sie angesprochen, in den leeren Gastraum gezerrt und zwischen den Tischen und Bänken zum Sex gezwungen. Ich war erschrocken, als ich hörte, dass sie sich gewehrt hat, weinte, und er nicht aufhörte. Die beiden Polizisten, die hinter ihrem Tisch vor mir saßen, Taschentücher anboten und so viel sagten, wie sie sagen konnten, zeigten mir schließlich ein Foto der Frau. Doch erst, nachdem sie mich eine unendlich lange Weile angestarrt hatten, ohne dass ich ihr Starren verstand, bis sie es vor mich legten, das Foto. Jetzt nestelte ich an meinem Halstuch herum, wickelte fester, wieder lose und fester, und sie flüsterten sich gegenseitig Fragen ins Ohr, diese beiden Männer in Blau, nur um mich plötzlich viel zu laut zu fragen, ob ich diese Frau schon mal gesehen hätte. Eine Frage, die sie selbst nicht verstanden. Denn was sie mir da zeigten, schien ein Foto von mir selbst zu sein. Mit blauem Auge und Blut an der Lippe.

*

Ich wünschte, ich wäre schamlos. Ich bräuchte einen Schalter im Kopf, mit dem sich Gefühle ganz einfach abschalten ließen. Scham, Angst, Schmerz, Wut, klick und weg. Vielleicht kann ich den Schalter auch einfach nicht finden, während ich hier sitze, auf dem Gyn-Stuhl des Krankenhauses, untenrum nackt. Mir gegenüber an der Wand hängt ein flacher Monitor, ausgeschaltet und dennoch präsent. Ich weiß, er überträgt die Ultraschallbilder von ungeborenen Kindern für deren Eltern, doch ich befürchte, er kann noch mehr und ich bekomme dort gleich eine Großaufnahme von Spermaresten zwischen meinen Schamlippen zu sehen, Katja Sziboula in Großaufnahme, wie nett. Langsam fangen die Beine in den Halterungen zu zittern an, niemand ist im Raum, dennoch sitze ich schon bereit. Ein wenig wird so, rede ich mir ein, das Brennen gemildert. Eine Schmerztablette könne ich schließlich noch nicht bekommen, sagte man mir, der Bluttest stünde noch aus, ein bisschen noch warten, den Schmerz noch ertragen, Frau Sziboula, es tut uns leid, dass das nötig ist, sagen sie. Und ich frage mich, warum es in diesem riesigen Krankenhaus offenbar niemanden gibt, der schnell mal Blut abnehmen kann.

Erst als sich die Tür öffnet, die links hinter meinem Kopf ist, verdeckt von einer schiebbaren Wand aus Vorhang, schaffe ich es immerhin kurz, mich auf dieses Zimmer um mich herum zu fokussieren. Einen Moment nur, bis ich wieder auf dem Betonboden liege, mit den zahllosen Stuhlbeinen und Tischbeinen um mich herum, Tischplatten von unten betrachtend, beklebt mit Kaugummiresten, wie in der Schule. Immer wieder haben sie mich gebeten, alles zu beschreiben. Ganz genau. Jedes Detail. Kleinigkeiten. Haarfarbe, Augenfarbe, Sockenfarbe, Wandfarbe, Deckenhöhe, Bodentemperatur, Anzahl der Küsse, Schwanzlänge, Intonation, Klang der Stimme während des »Na? Geil, wa?«

Nur nach den Kaugummis haben sie nicht gefragt, die hätte ich ihnen beschreiben können, ganz genau, jeden

Zahnabdruck, Lippenstiftrest und jede Fingerspur, denn ich weiß genau, eigentlich hing ich auch dort, unter der Tischplatte, neben den Kaugummis, und sah auf das Geschehen hinab.

Ich erinnerte mich, während ich versuchte zu vergessen. Ich durchsuchte die Bilder, die sich an meine Netzhaut geheftet hatten, danach, wie er ausgesehen hatte, geguckt hatte, zugegriffen hatte, wie selbstverständlich, all das wollten sie wissen. In diesem Büro, in dem ich vor dieser Untersuchung gewesen war, das keine Tür zu haben schien. Das zu dem meistgenutzten Gang der Welt zu führen schien. Ein Büro in einem Polizeipräsidium, vor dem Warnschilder stehen mussten: Bitte hineinsehen! Bitte davor stehen bleiben! Bitte den Kopf schief legen! Bitte nachschauen, ob man der Frau untenrum schon was zum Anziehen gegeben hat!

Und während die Vorbeigehenden pflichtgemäß taten, was die Schilder ihnen befahlen, hatte ich auf einem mit kratzendem Stoff bezogenen Stuhl ohne Armlehnen gesessen, mit rundem Rücken und vor der Brust verschränkten Armen, um zu erzählen, und vermisste meine Schuhe. Der Beamte hinter dem Computerbildschirm schien der einzige Mensch in diesem Polizeigebäude zu sein, den all das nicht interessierte. Er tippte teilnahmslos auf seiner Tastatur herum, sah immer wieder auf die Uhr hinter mir an der Wand. Wahrscheinlich hatte er bereits Feierabend. Ich versaute ihm den Nachmittag mit seiner Freundin im Park oder Schwimmbad. Wer will bei diesem schönen Wetter schon in einem solch stickigen Büro sitzen, um sich anderer Leute Zipperlein anzuhören? Endlich hatte er einen Haken unter die Befragung machen und mich an die nächste Stelle auf meinem Trip durch die Hölle abschieben können. Und nun sitze ich in einem anderen Raum, in einem Krankenhaus, und natürlich ist es ein männlicher Gynäkologe, der nun hinter dem Vorhangraumtrenner hervorkommt und freundlich lächelt. Natürlich schaut er mir ganz angestrengt ins Gesicht, gibt mir die Hand und sagt: »Na dann wollen wir mal«, als sei ich ein Kreuzworträtsel. »Bleiben Sie einfach ganz entspannt.« Und plötzlich geht er an, der Monitor, und vor mir erscheint knallrote Haut, dunkles Blut und Dreck. Und plötzlich bemerke ich den zweiten Mann, der hinter dem Vorhangraumtrenner hervorgekommen ist, mit einer Fernbedienung in der Hand, auf den Monitor zielend und starrend. Ich bemerke die Digitalkamera in seiner anderen Hand, wie er sie jetzt hebt, auf mich richtet und abdrückt. Nachzuladen scheint, näher kommt und abdrückt. Jeder Schuss ein Treffer, Name drauf und ab in die Akte, fertig, um bald vielen weiteren Männern vorgelegt zu werden. Dieser hier ist definitiv eine Pflegekraft. Der einzige Mann im Krankenschwesternberuf. Aber hey, immerhin weiß ich jetzt, was ich mit meinem Körper anfangen kann, ich werde ihn einfach ausziehen, ja genau das mache ich jetzt, ich ziehe meinen Körper aus, er hat mir noch nie richtig gefallen und nun ist er auch noch kaputt und offenbar in der Werkstatt gelandet, also weg damit. »Ihr könnt den eigentlich auch hier behalten«, sage ich. »Dann müsst ihr nicht so viele Fotos machen.«

*

Pausenlos vibrierte mein Smartphone. Brumm brumm in meiner Tasche, unaufhörlich und wieder von Neuem, bis ich irgendwann die Hand in meine Hosentasche schob und die Finger um das Gehäuse schloss. Was war geblieben von meiner goldenen Regel, während wichtiger Meetings niemals einen Anruf entgegenzunehmen? Nicht einmal daran zu denken? Sie war wohl einfach noch nie so sehr strapaziert worden, seit bereits sieben Minuten. Der Klang der Vibration hallte durch den gesamten Raum, ich war sicher, alle Anwesenden hörten mein Telefon, doch niemand schaute mich an. Der Doktorand, der vorn an der altmodischen Tafel stand und ungerührt sprach, präsentierte der Prüfungskommission die bisherigen Ergebnisse seiner Promotionsarbeit, die ich betreue, trat nervös von einem Fuß auf den anderen und hielt sich an seinem Blatt fest, als gäbe es ihm Halt, falls er fällt. Er hatte außerdem einzelne Blätter mit Magneten an die Tafel geheftet, niemand von uns konnte erkennen, was darauf stand, doch es zeigte sein Vorbereitetsein, also monierte auch niemand diesen Versuch zu visualisieren. Ich kannte die Blätter, hatte sie gestern in meinem Büro begutachtet, darauf wurden drei mögliche Versuchsanordnungen skizziert, die mir alle drei erfolgversprechend erschienen. Und genau das würde ich auch sagen, wenn am Ende alle auf meine Einschätzung warteten, alle waren eigentlich nur meinetwegen hier. Der Doktorand, der Institutsdirektor, die Forschungsgruppe wollten hören, was ich dachte, welcher Weg der beste sein könnte. Dennoch zog ich das Smartphone jetzt ein Stück aus der Hosentasche, versuchte, mit einem Ohr weiter zuzuhören, obwohl ich die Arbeit bis zum jetzigen Punkt sowieso schon kannte, und sah ihre Nummer. Katja. Sie wusste, wo ich bin. Kannte die Regeln. Hörte nicht auf. Der Doktorand sprach weiter, er hörte das Vibrieren offenbar wirklich nicht. In den Händen hielt er jetzt gelbe Karteikarten, das Blatt von eben lag vor ihm auf dem Tisch. Sein bestes Hemd tragend stand er vor seiner Präsentation, voller Selbstbewusstsein und Gewissheit, Kluges von sich zu geben und die Spracherwerbsforschung revolutionieren zu können, obwohl er bis zum heutigen Tag vor allem damit beschäftigt war, den aktuellen Forschungsstand zu reproduzieren, und noch immer offensichtlich nervös von einem Bein aufs andere wechselte. Diese Pflichtaufgabe des Reproduzierens gehörte natürlich dazu, langweilte mich jedoch, da wir alle diesen Stand kannten. Also entschuldigte ich mich doch für einen Moment und verließ den Raum, alle Augen verwundert auf mir, ich drückte das Kreuz durch und tat, als sei mein Gehen selbstverständlich. Meine

Schritte hämmerten in meinen Ohren, die Glattlederschuhe knarrten über den Seminarraumboden. Die Luft ließ ich erst vor der Tür wieder aus den Lungen.

»Katja, was soll das?«, nahm ich den Anruf entgegen, die Stimme aggressiver als gewollt.

»Kay, kannst du kommen? Hab nichts Sauberes anzuziehen.« Ihre Stimme dünn, kostbar, als sei sie begrenzt und fast aufgebraucht.

»Was? Katja, es tut mir wirklich leid, ich bin in der Präsentation. Darüber hatten wir doch heute Morgen gesprochen, ich ruf dich später an, ja?«, fragte ich, ohne wirklich zu fragen.

»Kannst du kommen?«, sagte sie erneut, als wären meine Worte ein Rauschen. Ich hörte ihr Atmen an meinem Ohr, es klang schwerer als sonst, sicher liegt das an der schlechten Verbindung, sagte ich mir und atmete selbst tief ein.

»Ich komme gleich, sobald ich hier weg kann.«

Ich sah auf die Uhr, meinte, ein brummendes Murmeln durch die Tür zu hören, sie redeten, fragten sich, was ich tat, was das soll, was soll das, die Kardinalfrage: »Was soll das, Katja?«

»Ich warte einfach hier.«

»Ich kann hier nicht grundlos weg, das weißt du doch. Entschuldige, ja?«

Sie beendete das Gespräch ohne ein weiteres Wort, fast gleichzeitig kam eine WhatsApp, die ich nicht las. Ich checkte stattdessen kurz die Mails, sah, dass drei Studenten bei mir ihre Masterarbeit schreiben wollten, Exposés einreichen, und ab jetzt minütlich ihre Postfächer aktualisieren würden, auf meine Antwort wartend. Lächelnd steckte ich das Smartphone wieder in die Hosentasche, krempelte die Hemdsärmel ein wenig hoch und ging zurück zum Seminarraum, kurze Entschuldigung, weiter im Text, auch wenn ich nicht aufhören konnte mich zu fragen, was mit Katja los war, und noch immer ihr schweres

Atmen hörte. Doch ich zwang mich, nicht mehr daran zu denken, wieder hier zu sein, in diesem Raum.

Ich liebte meinen neuen Job, seit drei Semestern hatte ich nun die Professur inne, schon zwei Doktoranden und stets volle Seminare. Diesen nur scheinbar gewonnenen Kampf konnte ich jederzeit noch verlieren, wenn ich auch nur die kleinste Angriffsfläche bot. Und wie die Kollegen mich ansahen, die drei Professoren der Prüfungskommission, der Dekan und die beiden studentischen Hilfskräfte meiner Forschungsgruppe, gab mir ein Gefühl von Macht, das ich nie zuvor hatte und mir von niemandem mehr würde nehmen lassen.

Ich dachte immer mal wieder an Katja, während der Student sprach, Theorien erläuterte, seine Hypothesen aufstellte und besprach, wie er methodisch vorzugehen gedachte.

Ich konnte diesen Doktoranden nicht unterbrechen mitten in seinen Überlegungen zu Chomsky, dann Tomasello und schließlich seiner Idee, ihn nicht einfach erneut kommen lassen, oder alles ungehört abnicken, nur weil Katja schwer durchs Telefon atmete. Er verließ sich auf mich, wollte meine Meinung, Gedanken, Erfahrung, und ich liebte ihn dafür, wie man jemanden liebte, der einem das Gefühl gab, überlegen zu sein.

Erst nach weiteren zweieinhalb Stunden hatte ich Katjas Nachricht gelesen und verstanden, dass sie im Krankenhaus war. Dort auf mich wartete. Und rannte los. Stellte nach einer gefühlten Ewigkeit eines dieser Carsharing-Autos, die immer vor der Uni standen, im Parkverbot ab und fand meine Frau in eine Decke gewickelt im Gang des Krankenhauses. Auf einem Stuhl, der aus zwei gebogenen Stahlrohren bestand und leise quietschte, weil ihr Körper darin hin und her wippte. Sonst saß sie völlig reglos da, mit geschlossenen Augen, die kurzen blonden Haare wie ein Helm an den Kopf gedrückt. Sie saß da, mit Blut an der Lippe, einem dunkler werdenden Ring ums

Auge, den Körper komplett in das hellblaue Laken gehüllt. Ich legte meine Hand auf ihre Schulter, sagte:»Katja?« Nichts.»Wir können gehen. Ich bin da.« Nichts. Immerzu liefen Menschen an mir vorbei, Menschen in Schlafanzügen, blauen sterilen Kitteln oder Jeans und T-Shirt. Wie auf einem Bahnsteig liefen sie den Gang auf und ab, sahen mich an, musterten mich von oben bis unten, dann Katjas Gesicht, meine Hände, meine Füße, und ich fühlte mich plötzlich von ihrer Hilflosigkeit überfallen, bloßgestellt und vorgeführt. Um Gottes willen!, dachte ich, spürte Wut in mir aufsteigen, Wut über so viel Hilflosigkeit, und wollte Katja unter die Arme greifen, sah immer wieder die Menschen an, hoffte, einer käme, um mir zu sagen: Sie bleibt hier, keine Sorge, wir kümmern uns, aber niemand kam, also schob ich meine Hände unter ihre Achseln, um sie hier herauszuziehen, als sich endlich die Tür öffnete, neben der Katja saß. Ein Arzt in langem Kittel und blauer Hose trat heraus, in seinen weißen orthopädischen Schuhen, lächelte jovial und hielt mir die Hand hin.»Sie müssen Kay Sziboula sein. Schön, dass ich Sie vor Schichtende noch sehe. Kommen Sie doch bitte kurz herein.« Fester Händedruck. Ein Deuten auf einen der Stühle ihm gegenüber.

»Ihre Partnerin ist vergewaltigt worden«, was für eine Gesprächseröffnung.»Da gibt es keinen Zweifel. Die Verletzungen zeigen da ein deutliches Bild und unterstützen ihre Aussage.« Dieser sachliche Tonfall, der Ärzte umgibt, dieses noch immer in seinem Gesicht hängende Lächeln gaben mir das Gefühl, in einem schlechten Film zu sitzen. Ohne Popcorn und Cola, ohne Bier oder Nachos. *Vergewaltigt* hatte dieser Mann gesagt, *sie hat hier Nudeln mit Tomatensoße zu essen bekommen*, hätte er dem Tonfall nach genauso gut gesagt haben können.

»Vergewaltigt? Davon hat sie aber am Telefon nichts gesagt.« Was für ein dummer Satz.

»Das ist wohl auch nur schwerlich von ihr zu erwarten.

Was ich sagen möchte: Bitte gehen Sie die nächste Zeit vorsichtig mit ihr um. Ich habe hier einen Ausdruck, lesen Sie ruhig schon, mit Adressen. Von Psychologen. Spezialisierten. Ist ja so eine Art Trauma, was Ihre Partnerin da heute erlebt hat. Sollte unbedingt verarbeitet werden können. Hier haben Sie eine zweite Liste, ich leg die jetzt mal hier drüber, mit Anzeichen für eine Depression, auf die Sie achten sollten. Wenden Sie sich auch gern an mich, wenn Sie Fragen haben, ja?«

»Vergewaltigt?«

»Ich muss jetzt leider. Hab gerade zwei 24-Stunden-Dienste hinter mir, entschuldigen Sie, wenn ich Sie jetzt ein wenig rausschiebe, aber sonst können Sie sich jederzeit melden. Hier, hier, vergessen Sie die Listen nicht. Alles Gute!«

Und die Tür fiel hinter uns ins Schloss.

*

Natürlich sagst du »Nein!«, wenn ein Polizist dich fragt, ob der eigene Mann dir gegenüber schon mal gewalttätig war. Natürlich. Und natürlich sagst du »Ich kann das gar nicht glauben!«, wenn es gerade passt, und brichst immer mal wieder in Tränen aus. Natürlich. Und natürlich merken geschulte Polizisten, wenn sie mit hohlen Phrasen beworfen werden. Natürlich.

»Frau Zinnow. Wir können auch gern kurz pausieren. Wir haben Psychologinnen im Team, vielleicht möchten Sie mit einer von den beiden Damen einmal sprechen?«

Noch immer liegt das Bild dieser Frau vor mir. Ich drehe es mit zwei Fingern der rechten Hand unaufhörlich im Kreis, einmal zweimal dreimal, Pause. Katja Sziboula soll sie heißen, die Frau auf dem Foto, die aussieht wie ich, in meinem Alter sein. Katja Sziboula. Offenbar mit einem Franzosen verheiratet, sieht sie aus wie eine ganz normale Frau. Blond. Schlank. Vormals dezent geschminkt. Wie ich. Nur ohne Leberfleck am Kinn. Sonst genau wie ich.

»Sind Sie sicher, dass Sie Frau Sziboula noch nie gesehen haben, Frau Zinnow?«, wechselt nun wieder die Richtung der Befragung und wieder schüttle ich den Kopf.

»Ihnen ist aber sicher auch aufgefallen, dass diese Dame Ihnen sehr ähnlich sieht?« Ein wenig überrascht bin ich schon, dass es ganze 45 Minuten gebraucht hat, bis das ausgesprochen ist. Der Polizist mir gegenüber hat seine Mütze abgenommen, sich im Drehstuhl zurückgelehnt und die Augen auf die Fotografie gerichtet.

»Kennen Sie alle Menschen, die Ihnen ähnlich sehen?«, frage ich und schiebe das Bild von mir weg über den Tisch.

Ein Lächeln. Ein Hochschauen.

»Ich sage es jetzt einfach mal ganz direkt: Bei der Kriminalpolizei haben wir eine Beobachtung gemacht. Nicht unbedingt ich selbst, sondern so im Allgemeinen. Oft ähneln die Opfer, die Täter sich aussuchen, Menschen, zu denen diese Täter eine wie auch immer geartete emotionale Bindung haben. Und das Opfer dient als Stellvertreter-Objekt ...«

»Sie meinen, mein Mann hasst mich? Glauben Sie mir, wenn er mich hassen würde, würde er diesen Hass schon auch an mir auslassen.«

»Ist das so?«

»Nicht, dass er es je getan hätte«, sage ich viel zu verteidigend und erhebe mich kurz aus dem Stuhl, Fluchtreflex. Ich lasse mich zurücksinken, räuspere mich, wickle mein Tuch neu um den Hals, ein wenig fester als zuvor, und blicke den Polizisten direkt an. So direkt wie er mich, ein Duell ohne Worte.

»Woher wissen Sie das dann?«, fragt nun der Zweite.

»Mein Mann ist kein Vergewaltiger!«, sage ich, die Stimme erstaunlich fest, während ich innerlich zähle: eins zwei drei, eins zwei drei, immer wieder, mich festhalte an den Zahlen, die so klar und unveränderlich sind.

»Das sehen wir hier anders.« Nun wieder der Erste.

»Mein Mann ist ein liebender Familienvater!«, sage ich

und weiß, es ist wahr, nur ist Weglassen eben auch eine Lüge.

»Hmm«, machen beide und sehen sich an. Zwei äußerlich so unterschiedliche Männer, gleichgemacht durch eine Uniform.

»Wird das in den Zeitungen stehen?«

»Dass ihr Mann ein liebender Familienvater ist?«, fragt der mit dem Drei-Tage-Bart zurück.

»Diese Sache hier. Diese Lüge.«

»Kann schon sein«, sagt der andere.

»Dann möchte ich hier eine Anzeige erstatten!«, sage ich und bin nun doch wieder aufgestanden. Kleid glattstreichen, Tuch geradeziehen, eins zwei drei, selbstsicher aussehen.

»So?« Drei-Tage-Bart mit leichtem Lächeln.

»Wegen Verleumdung! Rufschädigung und übler Nachrede«, eins zwei drei.

»Wollen Sie mit der Anzeige nicht erstmal warten, bis es so weit ist? Oder soll ich sie einfach vordatieren, auf übermorgen, wenn so ein Artikel erschienen sein könnte?«, sagt jetzt der bartfreie Polizist hinter dem Computerbildschirm und gähnt, während er sich noch weiter in seinem Stuhl zurücklehnt und die Arme über dem Kopf ausstreckt.

»Frau Zinnow, bitte setzen Sie sich wieder«, sagt Drei-Tage-Bart, der noch gerade auf seinem Stuhl sitzt und mich ansieht, inklusive beschwichtigendem Handheben. »Wir können Ihre Anzeige natürlich aufnehmen, aber noch ist kein Artikel oder sonstwas irgendwo veröffentlicht. Und selbst wenn es das wäre, hätte Ihre Anzeige wohl keinen Erfolg, schließlich ist Ihr Mann kurz nach der Tat noch am Tatort verhaftet worden, geständig und in Gewahrsam, bis der Haftbefehl erlassen ist.«

»Geständig?« Ich trete von einem Bein auf das andere, die Arme hängen funktionslos neben meinem Körper. Plötzlich ist jedes Gefühl aus mir gewichen. Ich fühle die Panikattacke kommen, ganz langsam, und atme tief ein, schließe die Augen, zähle bis drei, eins zwei drei, ganz langsam, und atme und kehre zurück ins Zimmer und höre die Worte: »Geständig. Also, wenn Sie das Angebot mit der Psychologin vielleicht …« Dieser freundlich schiefgelegte Kopf, diese ruhigen Worte, sie regen mich auf, machen mich jetzt unheimlich wütend. Ich wundere mich, wo sie herkommt, die Wut, wo eben noch Panik war, doch sie ist plötzlich da und ich balle die Fäuste. Atme viel zu tief, einmal zweimal dreimal, zähle bis drei und nochmal und nochmal und kämpfe gegen das Knäuel aus Gefühlen in mir und bekomme meine Stimme in den Griff: »Ich muss ihn sehen. Mit ihm reden. Jetzt gleich. Wieso gibt er das zu, wieso?«

Es ist komisch, wie deutlich man sich an die Tage erinnert, die das eigene Leben zum Stillstand brachten. Wie ein Film lief dieses Gespräch auch viel später noch immer wieder in meinem Kopf ab, immer wieder sehe ich die Augen des Polizisten, dieser mitleidige Blick, der Verständnis suggerieren sollte, und mein Wissen, dass er gar nichts verstand. Immer wieder höre ich die Worte, dieses Wort, geständig, und fühle die Wut, die die Panik überlagerte und in meinem Bauch wuchs und wuchs. Sie ließen mich nicht zu ihm, nicht so, nicht jetzt, gerne später, diese Worte in meinem Kopf. Irgendwann stand ich vor dem Polizeigebäude, den Autoschlüssel in der Hand, versuchte, ihn ins Schloss zu stecken, es ging nicht, wollte nicht gehen. Mit der Faust schlug ich gegen das Blech der Tür, warum hasst mich die Welt so sehr, dachte ich, warum ging der Schlüssel nicht ins Schloss, ich saß auf dem Bordstein und merkte, dass ich weinte, an die verschlossene Tür gelehnt.

*

»Ich weiß nicht, was du meinst, Kay. Diese Sache ist nicht mir passiert, sondern meinem Körper. Aber den habe ich denen dagelassen, damit die keine Fotos mehr zu machen brauchen. Mir geht es gut«, sagte ich, ohne von meinem Bildschirm aufzusehen. Mir fehlt ein langes Stück des Films in meinem Kopf, eben noch saß ich auf dem Gyn-Stuhl, nun in meinem kleinen Büro, ohne zu wissen, was in den Stunden dazwischen passiert ist. Oder davor. Oder jetzt gerade.

In kurzen Shorts und einem schwarzen Top saß ich auf dem Bürostuhl, im Schneidersitz, wippte mit den Beinen auf und ab und betrachtete abwechselnd das Dokument vor mir und meine Fingernägel. Wie das dunkle Blau an zahlreichen Stellen abgeplatzt war, die Nägel eingerissen, unter dem des rechten Mittelfingers hatte sich Dreck gesammelt. Schorfspuren, genauso dunkel wie der Lack. Irgendwann würde ich ihn entfernen. Es war der Lack, den ich trug, als ich in diesem Restaurant war, das wusste ich noch. Es war gut, dass er abblätterte und doch noch da war.

»Ich muss diese Reportage zu Ende bringen, Deadline, weißt du doch«, sagte ich, ohne zwischen den Silben einzuatmen, es klang wie ein Stöhnen, ein Dröhnen in meinen Ohren. Ich konnte auch nicht so genau sagen, wie viel Zeit vergangen war, seit Kay mich abgeholt hatte und ich wieder wusste, was ich tue, geschlafen habe ich nicht, diese Schutzlosigkeit des Bewusstlosseins im Schlaf gebe ich mir nicht, das werde ich wohl einfach nie wieder tun.

»Es tut mir leid, Katja, dass ich nicht gleich zu dir gekommen bin. Diese Sitzung war wichtig. Es tut mir unendlich leid. Ich habe doch nicht gewusst ... Wie hätte ich denn ahnen können ...? Wir sollten mal reden, finde ich. Katja, kannst du mich wenigstens ansehen?« Stehend im Türrahmen, ich konnte es nicht, gab meine Antwort auf diesen Wortschwall in den Raum hinein, mit lächelnden Lippen: »Mach dir keinen Kopf. Arbeit geht vor. War doch schon immer unsere Devise.« Wie gut, dass ich mitsamt meinem Körper auch die Bilder abstreifen, die Worte dieses Mannes aus meinem Ohr ziehen und sämtliche negativen Gefühle überwinden konnte. Ich fühlte mich gut.

Nur glaubte das keiner. Ich wollte arbeiten. Nur ließ mich keiner. Ich vergrub jetzt meine Fingernägel in den blonden Haaren, zog die Finger durch die Strähnen wie einen Kamm, fasste sie zusammen, drehte sie, ließ sie wieder fallen und alles nochmal von vorn. Jetzt nahm ich eine einzelne Strähne, hielt sie mir vors Gesicht und nahm sie in den Mund, nichts von alldem konnte ich lassen. In der kurzen Zeit, in der ich hier saß, rief ständig jemand an, wollte Klagen am Telefon hören, mit einer Fernsehkamera zu mir nach Hause kommen, ein Interview führen, um zu erfahren, wie schlecht es mir geht, dabei müssten doch alle wissen, dass sie das bei mir nicht bekämen. Pausenlos vibrierte mein Smartphone, piepte der Messenger, poppten Benachrichtigungen von Facebook auf, und ich fuhr mir mit den Fingern durch die strähnigen Haare, um sie zu beschäftigen und nicht doch aus Versehen ranzugehen. Ich wollte von alldem nichts hören. Ich wollte, dass diese Tausenden Menschen meine Texte lasen, die ich seit Jahren schrieb, meine Reportagen und Berichte, Geschichten und Storys und nicht meine Krankenakte. Ich saß hinter meinem Schreibtisch, sah auf den blinkenden Cursor, las die Worte, die ich am Vortag geschrieben hatte, verstand kein einziges davon, wusste nicht, über welches Thema ich schrieb, in welches Land ich gereist war, um darüber zu recherchieren, wusste nicht, wie ich hieß, wusste nicht, was ich tat und lächelte doch. »Es geht mir gut«, sagte ich, während mein Oberkörper hin und her wippte, meine Finger planlos über die Tasten flogen, »gmwkfmp kedil3 CL29MS föjhds« hinterließen und ich den Unterschied zu den davor stehenden Worten des gestrigen Tages nicht erkannte. Einzig Kay, noch immer im Türrahmen unseres kleinen Büros stehend, machte mich nervös, der Blick, die Fragen, die Worte, völlig ungewohnt. Ein übersteigertes Interesse, Unterstellungen, Sorgen und Ängste sehen, wo keine waren. Ich wollte vergessen, bloß vergessen und leben, einfach leben, in meinem neuen unbeschädigten Körper, wollte, dass all die Nachrichten auf meinem Smartphone meine Arbeit lobten und nicht meine Vagina bemitleideten. Was sollte es schon bringen, ewig und drei Tage zu reden? Was passiert war, war passiert, es ist jetzt so, nicht mehr zu ändern, Haken dran und weiter. Ich tippte und tippte. Kay blieb stehen. Trat einen Schritt in den kleinen Raum hinein. Nur noch zwei Meter zwischen uns, die Nähe wurde plötzlich körperlich, zu viel, zu dicht, ich machte mich klein, versuchte zu verschwinden. Tippte. Schaltete das Telefon aus. Kompensation des Zuviel an Nähe, bitte geh, Kay, dachte ich, doch Kay blieb. Worte breiteten sich im Zimmer aus, ein Rauschen, irgendwo ganz hinten in meinem Kopf. Jetzt stand ich auf und öffnete das Fenster, als würde sich so der Raum vergrößern lassen. Vielleicht auch als möglicher Fluchtweg. Drei Stockwerke waren nicht viel und ich konnte schließlich fliegen.

»Ich wünschte, ich könnte etwas für dich tun«, sagte Kay und ich sah zum Fenster.

»Ich glaube, allein sein wäre jetzt das Beste«, sagte ich und meinte, bitte bleib, während du gehst und mich nicht allein lässt, während ich allein bin und du nicht gehst, lass mich nicht mit mir allein, bitte geh, versteh mich doch, bitte nimm mich einfach mal in den Arm aber fass mich nicht an.

*

Immer wieder versuchte ich, die Nummer des Arztes zu wählen, mit dem ich im Krankenhaus gesprochen hatte. Doch natürlich ging niemand ran. Die Psychologen auf der Liste leiteten Anrufer direkt auf Mailboxen um, ich sprach meinen Text und legte auf. Vielleicht zur Notfallambulanz der Tagesklinik? Da würde ich Katja niemals hinbekommen. Die war nun dazu übergegangen, stundenlang zu duschen, sich mehrmals am Tag umzuziehen und ihren Computer anzuschreien. Sie trug eine Jeans mit Bluse, hatte einen ordentlichen Zopf gemacht, um sich nur fünf Minuten später im jahrealten Sportshirt und Jogginghose ins Büro zu setzen. Die Haare offen, zum Zopf gebunden, wieder offen. Ein stetes Hin und Her, in dem sie sich zu mir in die Küche setzte, mich mit ihren grünen Augen ansah, mit einem Ausdruck, den zu deuten unmöglich erschien, in dem sie schon nach wenigen Augenblicken aufsprang und verschwand, ich hörte leise Geräusche, ich hörte beinahe ihre Tränen aus den Augen quellen. Wieder trocknen. Ich saß einfach hier. Bot mich an, kam nicht zu nahe, redete mir ein, ich wüsste, welches Verhalten richtig ist, und war doch eigentlich vollkommen hilflos. Ihre unstete Art, ihre offensichtliche Angst, all das überforderte mich. Ihre Worte waren unlogisch, meine schien sie nicht zu hören, ich wollte ihr helfen, wollte nichts Falsches tun, also tat ich nichts, eine bessere Hilfe fiel mir nicht ein.

Ich saß einfach in unserer Küche, trank Tee und wartete, was sie wohl tun würde. Ob einer der Psychologen anrufen würde. Ich hoffte so sehr, einer würde anrufen. Ich würde ihm oder ihr die Verantwortung, die ich spürte, auf die Schultern legen, noch bevor sie »Guten Tag« sagen konnten. Ich wollte, dass einfach wieder alles normal war, Katja ein vernunftbegabter Mensch, wollte ihre Finger über die Computertastatur tippen hören, wohl wissend, etwas Kluges käme dabei heraus, statt ihr Schluchzen und Weinen, ihre Emotion. Ich wollte diesen Ausnahmezustand nicht, wollte wieder zur Uni gehen, meinen Lehrstuhl ausfüllen, selbst Kluges hervorbringen, mit dem Verstand, nicht mit Gefühlen.

Doch hier in der Küche traute ich mich kaum mehr, mein Notebook anzuschalten. Tausende Mails würden mich erwarten. Hunderte Anfragen von Studenten, Terminwünsche, Hausarbeitsthemen, Klausurnotennachfragerei, alles erschien mir plötzlich unwichtig. Wie eine Welt in der Welt, zu der ich den Schlüssel verloren hatte. Ich schob nur immer wieder lustlos ein paar Papiere auf dem

Küchentisch hin und her, steckte sie ein und packte sie wieder aus. Es erschien mir falsch, mich mit meiner Arbeit zu beschäftigen, andererseits fühlte ich mich, als könnte ich sowieso nichts anderes tun. Und was sollte das bringen, jetzt nichts mehr zu tun, alles den Bach runtergehen zu lassen, das würde Katja nicht wollen, das hatte sie selbst gesagt. Also setzte ich mich an den Tisch, zog eines der Blätter mit einer Projektskizze zu mir heran und dachte nach, ganz plötzlich an Katja und diesen Mann auf ihr und sprang auf. Krachender Stuhl auf dem Küchenboden, ich drückte mir beide Daumen in die Augen, als könnte ich das Bild erdrücken. Dieses komische Gefühl im Hintergrund. Namenlos hing es als Schildchen vor meinem inneren Auge an Katjas nacktem Zeh, ich wollte schreien, stellte stattdessen den Stuhl wieder hin. Starrte auf mein Smartphone, das neben den Papieren auf dem Tisch lag und schwieg. Kein Rückruf, kein Anruf von einem der Therapeuten, keine Hilfe.

Und wenn doch einmal das Telefon klingelte, war statt Hilfe die Lokalzeitung dran und wollte ein Interview mit Katja, dem Opfer. »Das Opfer spricht. So brutal hat Potsdams Kneipenkönig sie missbraucht!«, was für eine Headline, sie schob sich jetzt vor das Bild in meinem Kopf und ich hatte etwas, über das ich mich stellvertretend ärgern konnte, irgendwie fühlte sich dieser Wunsch nach Katja als Opfer wie der zweite Missbrauch der Woche an.

Potsdams Kneipenkönig saß in Untersuchungshaft, verweigerte die weitere Aussage, was sollte er auch sagen, er würde wohl in ein oder zwei Jahren wieder Potsdams Kneipenkönig sein, dachte ich gerade und wollte mich wieder auf den Stuhl setzen, als es an der Haustür klingelte. Stehen die Journalisten jetzt schon an der Tür? Nein. Das wusste ich, als ich den blonden Haarschopf durch die Milchglasscheibe der Wohnungstür sah. Blonde Haare, wie die von Katja, wenn sie nicht färbte. Ich zog die Tür auf und blickte in grüne Augen, wie die von Katja. Die Nase, der Mund, die Größe, die Haut, die Stirn, die Ohren, die Finger, die Füße, wie die von Katja. Kurz zweifelte ich, hörte den Schrei von Katja gegen ihren Computerbildschirm, sah, dass der nicht aus diesem Mund gekommen war und kniff die Augen zusammen.

»Ja?«

Das Katja-Double sagte nichts. Stand einfach da und dachte wohl, ich müsste ihr etwas sagen. Sie sah mich an, vollkommen ruhig. Erst als ich ansetzte, die Tür wieder zu schließen, öffneten sich ihre Lippen: »Haben Sie gewusst, dass Katja Sziboula und ich uns ziemlich ähnlich sehen?« Was für ein beschissener Satz. Ein besserer fiel mir aber auch nicht ein. »Und wer sind Sie?«

»Die Frau des Kneipenkönigs«, knallt es in mein Bewusstsein. Sie hätte auch sagen können: »Ich bin die Chefin des IS, gekommen um dich zu töten, die Obernazi-Braut oder Marine Le Pen«, es hätte mich nicht mehr schockiert.

»Ach? Nicht zu … Das ist … Sicher?« Ich kann in 43 Sprachen »Guten Tag mein Name ist …« sagen, konnte aber hier keine Frage beenden. Ich strich mir mit den Handflächen über die Oberarme und versuchte, Ordnung in den Kopf zu bringen. Ihr Gesicht wurde rot, die vor dem Körper zusammengelegten Hände hielten sich gegenseitig davon ab, nervöse Bewegungen zu zelebrieren, die Daumen taten es doch. Sie trug ein gelbes Sommerkleid, bedruckt mit blauen Blumen, die sich um ihre Taille rankten, farblich im gleichen Blau gehaltene Sandaletten, aus denen pedikürte Fußnägel schauten. Ein gelbes Halstuch, fest gewickelt, die beiden Enden hingen ein Stück in ihr Dekolleté. Die Frisur wie frisch vom Friseur, ihre Haut schimmerte fast. Alles an dieser Frau lag perfekt, selbst der Leberfleck am Kinn hätte nirgendwo anders sein können. Sie war vollkommen anders als Katja und ihr doch zum Verwechseln ähnlich.

»Glauben Sie, wir spielen doppeltes Lottchen?«, fragte sie jetzt und zeigte endlich eine Regung, als sie ihr Gewicht von einem Fuß auf den anderen verlagerte und wieder zurück und noch einmal. Sie steckte die Enden ihres Tuchs am Hals fest, der Stoff war so weich, dass sie quasi sofort wieder herunterrutschten. Ich fragte mich, was dieses Tuch sollte, bei dieser Wärme. Ich wollte plötzlich die Tür zuschlagen, diese Frau nicht mehr ansehen müssen, sie strahlte etwas aus, das mich traurig werden ließ, ich konnte es nicht beschreiben. Nur fühlen.

»Katja? Kannst du mal kommen?«, rief ich in unsere Wohnung hinein und blieb einfach stehen, eine Hand an der Tür, die andere hielt noch immer einen Oberarm, lag still auf meiner Haut. Ich weiß nicht mehr, warum ich Valentina Zinnow nicht direkt hereingebeten habe. Wir standen in der Tür, ihr Kleid flatterte leicht im Luftzug der geöffneten Fenster, die blau lackierten Nägel zuckten. Plötzlich stand Katja neben uns und stimmte in die Schockstarre ein. Einen ewig währenden Moment.

»Wissen Sie«, sagte Valentina Zinnow irgendwann leise, »mein Mann hat Sie nicht vergewaltigt.« Sie meinte es ernst, lächelte nicht, drohte nicht, den Blick auf den Boden geheftet, die Stimme zittrig, die Finger kalkweiß. Ihre Lippen bewegten sich einige Male ohne Ton, bis: »Er hat Sie wohl einfach mit mir verwechselt.«

*

»Ich möchte, dass Sie die Anzeige zurückziehen«, sagte ich, noch immer im Türrahmen stehend, zählte innerlich beinahe schon manisch immer wieder bis drei, eins zwei drei, und wiederholte den Satz, obwohl ich wusste, wie aussichtslos diese Bitte war. Doch ich wollte nicht sterben, ohne sie ausgesprochen zu haben. Wissen und Verstehen gehören nicht zwangsläufig zusammen. Verstehen und Fühlen sind komplementäre Dinge. Man kann etwas seit Jahren wissen, ohne es verstehen zu wollen. »Mein Mann wollte Sie nicht vergewaltigen. Er wollte mich. Er hatte mich erwartet. Wir waren verabredet. Darum hat er Sie für mich gehalten. Sehen Sie sich und mich doch an. Ich ...«, sagte ich, stammelte ich, weinte ich fast. Ich konnte Katja nicht ansehen, also starrte ich zur Decke, einer strahlend weiß gestrichenen Decke, die durch Stuck von den Wänden abgetrennt war, nein, sanft in sie überging. Blumen rankten sich durch den Raum, so gleichmäßig, so beruhigend.

»Dann hat er Sie schon öfter vergewaltigt?«, waren die ersten Worte, die ich von Katja Sziboula hörte. Ausgerechnet. Und noch während sie das Wort »vergewaltigt« sprach, schien sie zu zucken, als hätte sie etwas verstanden, das bisher fehlte. Ich sah sie nur ganz kurz an, die blonden Haare waren in einen Zopf gezwängt, wirkten frisch gewaschen, aber ungekämmt. So sähe das also aus, dachte ich und verspürte den Drang, Katja zu kämmen, meine Wildschweinborstenbürste durch ihre Haare zu ziehen, sie glatt zu föhnen, einmal zweimal dreimal. Doch sie kratzte sich am Kopf und hinterließ noch mehr Verwüstung. Gewollte Achtlosigkeit.

»Wissen Sie, Katja, dass Sie meine Zwillingsschwester sind? Bist, also du«, beantwortete ich ihre Frage. Sah ihr jetzt fest in die Augen, sah, dass sie Flecken auf der Iris hatte, von denen ich sicher war, sie schon hundertmal in meinen Träumen gesehen zu haben, im selben Grün wie im Spiegel.

»Das könnte Ihnen so passen«, antwortete sie mit leiser Stimme. Ihre Augen müde, umgeben von einem dichten Schatten und den salzigen Rändern getrockneter Tränen. Ich fuhr mir selbst mit dem Daumen unter den Augen entlang über die Haut.

»Sehen Sie uns doch an!«, sagte ich viel zu leise und trat einen Schritt vor, die Arme zur Seite gestreckt, mich selbst präsentierend. Kay Sziboula stand noch immer mitten in der Tür, versperrte den Weg mit dem kräftigen Körper, die Hände über die Oberarme streichend. Dahinter hatte

Katja bereits den Raum wieder verlassen, Flucht als Rettung, einziger Ausweg aus der Gewissheit. Kay sah ihr nach, mit leicht geöffnetem Mund, suchte nach Worten. Die zwei obersten Knöpfe des dunkelblauen Hemds standen offen, es steckte in einer hellen Chinohose. Die nackten Füße auf dem Parkett, so stand Kay vor mir, um zu beschützen.

»Ich finde Sie ziemlich unverschämt«, kam es nun, den Blick zurück in meinem Gesicht. Die dunklen Augen mit der milchfarbenen Lederhaut um die fast schwarze Iris herum zitterten ein wenig vor wütender Anstrengung, ruhig zu bleiben.

»Sie kommen hier an, wollen meiner Frau erzählen, dass sie gar nicht vergewaltigt wurde ...«

»Ihrer Frau?«

»Meiner Frau! Und jetzt tischen Sie uns auch noch Ihre Familienlügen auf. Bitte verlassen Sie meine Wohnung, wir haben genug. Wir sehen uns vor Gericht, sonst nicht mehr.«

Der kräftige Körper baute sich jetzt direkt vor mir auf, unterstützte die Worte, wies mit der Hand Richtung Flur. Die tätowierten Unterarme, die aus dem hochgekrempelten Hemd hervorschauten, verliehen der dunklen Haut noch mehr Farbe. Kay Sziboula stand jetzt mitten im Zimmer, dominierte es, füllte es aus. Die in edlem Grau gehaltenen Wände trugen nur wenige Bilder, zwei Drucke der Werke Monets, ein Kandinsky, ein Richter. Ich musste an meine Wände denken, an denen gerahmte Kinderfotos in loser Ordnung hingen, Gemälde meiner Töchter und ein einziger Monet-Druck. Das rote Mohnblumenfeld, in dem eine Mutter mit ihrem Kind den Duft des Sommers in sich aufnimmt. Ich sah von meinem Platz im Türrahmen aus Kay fest in die Augen, hielt dem Blick kurz stand, während ich an das Mohnblumenfeld dachte.

»Ich habe Katjas Geburtsurkunde. Und ihre Sterbeurkunde«, sagte ich schließlich und zog einen Umschlag aus meiner Tasche. Ließ ihn auf den Fußboden vor Kays Füße fallen, ging einen Schritt zur Seite und sah nun Katja aus dem Augenwinkel in der Küchentür stehen. Plötzlich fühlte ich mich nackt. Hob den Kopf und drehte mich zum Gehen. Das ordentliche Wohnzimmer des Altbauhauses war minimalistisch und doch wohnlich, durch frisch abgezogene Holzdielen veredelt und mit teuer wirkendem, aufeinander abgestimmtem Mobiliar eingerichtet. In zwei Schritten war ich aus der Tür, die zum hellen Flur führte, legte die Hand auf die Klinke und hörte: »Warte.« Von ihr. Von Katja.

Das alles geschah binnen einer Sekunde, vielleicht zwei, maximal drei. Eins zwei drei. Sämtliche Gefühle überlagerten sich in mir, Stolz, Scham, Angst, Überlegenheit, Trauer, Liebe. Ich fühlte keines von ihnen, und doch waren sie alle da, nur für mich nicht fühlbar. Ich hatte gelernt, nichts zu fühlen, also fühlte ich nichts.

»Sterbeurkunde?«, fragte sie und kniff sich dabei selbst in den Arm, als wollte sie spüren, dass sie doch noch hier war.

»Meine Mutter sagte, unsere. Also. Ich wusste, ich bin ein Zwilling. Aber Mutter sagte, du wärst tot. Und sie sprach von dir als Sohn. Lange Zeit. Irgendwann hab ich gemerkt, dass ihre Geschichte zu viele Widersprüche hat. Immer neue. Aber es war für mich einfacher, damit zu leben, als rauszufinden, was die Wahrheit sein könnte.« Es tut mir leid, wollte ich noch sagen, doch die Stimme brach ab.

Katja kam einen Schritt in den Raum hinein. Unter ihrem Fuß knarrte eine Diele, ich sah, dass sie nun ein Kleid trug, statt Shorts wie noch vor ein paar Minuten. Ich sah, dass sie schlanker war als ich und fragte mich, ob mein Mann nicht doch wusste, dass nicht ich unter ihm gelegen hatte.

*

Das Einzige, das uns äußerlich unterschied, waren die Körperfülle und die Haarfarbe. Ihr leicht helleres Blond leuchtete in der Sonne. Was uns dagegen innerlich unterschied, war so ziemlich alles. Schon wie sie dort stand, Valentina, in diesem albernen Kleidchen, in dem ihr Bauch nur umso dicker wirkte, mit erhobenem Kopf und dieser Selbstsicherheit im Gesicht. Mit ihren getuschten Wimpern, den roten Lippen, dem feinen Puder, dem seidenen Tüchlein mitten im Sommer war sie das perfekte Frauchen. Wahrscheinlich schon immer Mamas Stolz, hatte sie stets ihr Zimmer aufgeräumt, war nie zu spät zum Abendbrot erschienen, immer im Kleidchen, immer sauber, immer gute Noten, immer die besten Schulen, von allen immer das meiste Geld und natürlich nun auch den reichsten Mann, den König der Kneipen, dumm nur, dass man ihm nicht hinter die Stirn hatte gucken können. Dumm nur, dass sie mit ihren schicken Zeugnissen nicht erkannt hat, dass sie einen Chauvinisten geheiratet hat, der dafür sorgte, dass sie nun nur noch ein Zeugnis des Kochkurses brauchte, und sie regelmäßig zu seiner Belustigung missbrauchte. Dumm nur, dass ich das alles gar nicht so genau wissen konnte, doch wie sie schon da stand, es konnte gar nicht anders sein. Und jetzt kam sie zu mir, dem Waisenkind, und sagte, mein Lebenskampf wäre quasi überflüssig gewesen, wenn, ja wenn meine Mutter mich nicht zum toten Sohn erklärt, sondern bei sich behalten hätte. Jetzt stand sie in meinem Wohnzimmer, auf meinen Holzdielen, schaute sich meine Wände an und wollte, dass ich meine Welt ihrer opferte.

»Wie kann das meine Sterbeurkunde sein, dort steht Renée. Ich heiße nicht Renée. Ich heiße Katja«, sagte ich und legte das Dokument auf den Tisch vor mir.

»Renée, so könnte doch auch ein Mädchen heißen, oder nicht?«, sagte Valentina, die mit übergeschlagenen Beinen auf unserem Ledersessel saß, die Hände um die Knie verschränkt, mit geradem Rücken, mein Gott ist die gut trainiert.

»Klar. Aber ich heiße Katja«, sagte ich abwehrend und zog nun wieder meine Beine in den Schneidersitz zu mir heran.

Leugnen. Verneinen. Abstreiten. Lieber mit einer Lüge leben als mit dem Schmerz. Erst sie, jetzt ich, es bleibt doch eine Lüge.

»Vielleicht gehst du jetzt lieber« sagen, die Dokumente über die Tischplatte aus Glas wegschieben und aufstehen. Meine Strategie. Und sie ging auf. Die Frau im gelben Kleid mit den blauen Blumen legte nach elend langsamem Gehen zur Tür endlich die Hand auf die Klinke, ließ in unserem Flur etwas in der Schlüsselschale zurück und war mit dem Geräusch der zufallenden Wohnungstür verschwunden.

Natürlich hatte ich mich schon oft gefragt, wer meine Mutter war. Ist. Wer würde das nicht. Doch war ich überall nur an Mauern gestoßen, an verschlossene Gesichter, verschlossene Akten. Da bleibt es nicht aus, dass man auch sich selbst verschließt. Mit Offenheit abschließt und aufgibt. Doch nun saß ich hier, neben Kay, auf meinem Sofa vor meiner Geburtsurkunde, die mir eine Frau brachte, die mein Äußeres mit sich herumträgt. Einfach so. Sex mit ihrem Mann hatte ich auch schon, vielleicht könnte ich einfach ihre Identität annehmen, dachte ich zynisch und fühlte mich kurz, als müsste ich weinen.

2

ALS ICH NOCH EIN KIND WAR

Valentina

Als ich noch ein Kind war, saß ich oft allein auf dem Fensterbrett meines Zimmerfensters, zwischen Topfpflanzen und Dekofiguren, hängte die Beine hinaus und warf Steinchen auf den Rasen des Vorgartens unter mir. Sah ihnen von oben beim Fallen zu. Den Aufprall. Hüpfen. Liegen bleiben. Ich versuchte ein Muster, einen Kreis, eine Birne, ein Gesicht, Kreuz, Viereck, Dreieck, Trapez, Quader, Zylinder und alle anderen Formen, deren Namen ich auch noch nicht kannte. Ich warf einen Stein in die Höhe, versuchte, ihn beim Fallen mit dem Fuß zu treffen, ihn wieder aufzufangen, am Fallen zu hindern.

Oft streifte ich stundenlang allein durch den Wald hinter unserem Haus, sammelte Steine und Stöcke, Blätter und Bucheckern, Eicheln und Gänseblümchenköpfe in meine Anoraktaschen, Hosentaschen, Egalwastaschen, trug alles stolz nach Hause, um es fallen zu sehen. Um meine Mutter fluchen zu hören, während sie harkte, Steine und Stöcke, Blätter und Bucheckern, Eicheln und vertrocknete Gänseblümchenköpfe vom frisch vom Unkraut befreiten Rasen entfernte. Auch dann saß ich auf dem Fensterbrett, ohne die Beine baumeln zu lassen, und hörte, wenn sie sagte: »Wenn ich die Kinder mal in die Finger kriege«, und ich wusste, dass sie längst mich im Verdacht hatte, »dann ziehe ich denen mal die Ohren lang«, es war für meine langgezogenen Ohren bestimmt, ihr Fluchen und Schimpfen, wenn sie mich in ihrem Nacken wusste. Und gleich nachdem sie fertig war, setzte ich mich direkt an die absolut gerade Kante des Beetes, gerade so weit, dass kein Teil meines Körpers die Blumenerde berührte, und setzte Schnecken auf gemütlich wirkende Blätter und Blüten. Hielt sie fest, bis sie aus ihren Häusern kamen, sich ansaugten und hängen blieben, an den Blättern der Rosen und Glockenblumen. Lehnte mich zurück. Sah die Schleimspuren, die sie hinterließen, wie sie in der Sonne glitzerten. Wie die Fühler sich bewegten, abtasteten, sich den Weg bereiteten, absicherten. Sah die winzigen Löcher, die hinter den Schnecken zum Vorschein kamen, nach einer Ewigkeit, einem halben Leben, das ich hier saß. Irgendwann sammelte ich die Schnecken ein, setzte sie in die mit Blättern ausgelegte Plastikdose und ging zurück in den Wald hinter unserem Haus. Folgte dem Pfad entlang der Nadelbäume, Buchen und Eichen, Birken und Tannen, entlang der Gräser und Mispelsträucher, vorbei an den Waldreben und Farnen hin zu der Eiche, an deren Stamm das grünste Moos des Waldes emporwuchs. Hinter deren Stamm ich meine Schneckenfarm versteckt hatte. Aus Baumrinde, Stöcken und Steinen baute ich eine Mauer, umzäunte die Farm, füllte sie mit allem, wovon ich glaubte, Schnecken würden davon nicht zu träumen wagen, und fand sie dennoch bei jedem meiner Besuche leer.

Und ich konnte ihnen nicht einmal böse sein. Ich setzte einfach neue hinein, legte die Blätter aus der Dose dazu und ging nach Haus. In das Haus am Waldrand, wo das Gras immer ein wenig grüner war als im Wald, vor dem die Sträucher immer ein wenig gerader wuchsen, die Blüten größer waren und die Wände nicht aus Stöcken und Steinen, Rinde und Moos. Ich ging in die Küche, ließ die Dose in den Schrank zu den anderen Dosen fallen und ging in mein Zimmer.

Ja, als ich noch ein Kind war, saß ich oft auf dem Fensterbrett meines Zimmerfensters, ließ die Beine hinaushängen und versuchte, das Glitzern des Schneckenschleims, von dem ich wusste, er musste dort sein, zu sehen, mich daran zu erfreuen, doch meistens entdeckte ich ihn von hier oben nicht.

*

Katja

Als ich noch ein Kind war, bin ich Tochter von drei verschiedenen Elternpaaren gewesen. An das erste, Doris und Heinz, erinnere ich mich nicht, sie gaben mich weg, kurz nach der Wende, da war ich vier. Bei Karola und Ingo blieb ich ein paar Wochen, kam dort nie wirklich an, wurde nur verwaltet, verschoben, gefüttert, gekämmt. Sie waren nett. Glaube ich. Nahmen immer wieder Kinder bei sich auf, die sonst ins Heim gemusst hätten, gaben ihnen ein Heim, vier Wände und ein Bett, einen Kuss zum Schlafengehen, leicht gesüßten Tee, Gurkenscheiben und geviertelte Tomaten zu jedem Essen.

Sie waren nett, doch ich war nicht lange bei ihnen.

Länger war ich bei Martha und Ulrich. Fast vier Jahre. Eine Kinderewigkeit. Viel zu kurz, denke ich, viel zu lang, fühle ich.

Ich erinnere mich an die gerahmten Bilder von alten Herren an sämtlichen Wänden, im Flur, in der Küche, im Wohnzimmer, Schlafzimmer, Kinderzimmer, vielleicht sogar im Keller. Überall waren Menschen präsent, die uns nie besuchen kamen, nicht zur Familie gehörten und doch den Ton angaben. Ulrich saß, wenn er zu Hause war, in seinem schlauchförmigen Zimmer, mit einem kleinen, links und rechts von Bücherregalen gesäumten Fenster genau gegenüber der Tür, das er sein Büro nannte, und las. Dicke, in Leder eingebundene Bücher oder Zeitungen, aber niemals bunte. Er saß an seinem Schreibtisch, mit den zwei Regalen mit abschließbaren Türen statt Tischbeinen, der Arbeitsplatte mit Ablage, unter die er die noch zu lesenden

Zeitungen schob. Hielt seine Lupe ganz dicht über das Papier und zuckte jedes Mal zusammen, wenn vor dem Fenster ein Auto vorbeiknatterte. Früher geschah das nicht sehr oft. Alle zwei Stunden mal ein Trabi. Fahrradklingeln, Rufe oder Kindergeschrei störten Ulrich nicht, nur das Röhren eines Automotors. Und nun, da es nicht mehr nur Trabanten und Wartburgs gab, zuckte er ständig, verrutschte in der Zeile, fluchte leise, zuckte wieder und stopfte sich Watte in die Ohren. Er sei als junger Mann von einem Auto angefahren worden, erklärte mir Martha an einem Sonntagnachmittag, als wir ihn riefen, zum Sonntagskaffee, und er nicht kam, weil er Watte in den Ohren hatte. Wir standen im Türrahmen, sahen ihm beim Lesen zu und Martha sagte: »Es gibt böse Menschen, Katja. Wirklich böse. Und einer von denen hat Ulrich erwischt. Seitdem sitzt er im Rollstuhl, flüchtet sich in seine Buchwelten und erschrickt jedes Mal, wenn er ein Auto hört.«

Ich bin mir nicht sicher, ob ich mit meinen sechs Jahren verstand, welche bösen Menschen sie meinte. Heute verstehe ich es. Heute kenne ich die Menschen auf den Bildern in Ulrich und Marthas Wohnung, weiß, dass sie Kommunisten waren und Marx und Engels, Rosa Luxemburg und Karl Liebknecht, ja auch Erich Honecker stets um sich haben wollten. Dass Ulrich sich für den Überlebenden hielt. Den letzten der »alten Guten«, womit er Luxemburg und Liebknecht meinte. Er glaubte, er sei zu Hitlers Zeiten ein ebensolcher Staatsfeind gewesen und nur noch am Leben, weil er sich damals totgestellt habe. Sie überlistet habe, danach die Füße still gehalten habe. Die Füße still halten. Wie zynisch. Heute ist er schon lange wirklich tot, die DDR hatte auch er nicht retten können, auch mich nicht und schon gar nicht Martha, die ihm auf direktem Wege ins Grab gefolgt ist. Erde drauf und Erde wieder runter, die Freuden des Familiengrabs. Im Alter von knapp neun kam ich also doch ins Heim, nicht wieder zu Karola und Ingo. Dort gab es keinen Gutenachtkuss, keinen

leicht gesüßten Tee, Gurkenscheiben oder geviertelte Tomaten.

Als ich noch ein Kind war, bin ich Tochter von drei verschiedenen Familienpaaren gewesen und doch ein Heim-
kind geworden. Lange Zeit dachte ich, Karl Marx sei mein
netter Onkel, der einfach zu viele Bücher schreibt, um uns
mal besuchen zu kommen.

*

Kay

Als ich noch ein Kind war, saß ich oft unter dem Mangobaum vor unserem Haus, zog die Schale von der reifen
Frucht, ließ die Hühner über meine ausgestreckten Beine
gackern und vergaß die Zeit. Nur für einen Moment. Ich
saß einfach da, der Saft tropfte vom Kinn auf meine Beine, die Sonne malte tanzende Schatten der Mangobaum-
blätter auf den dunklen Sand des Bodens. Meine Schwester stand in dem kleinen Shop, den Kopf in die Handfläche
gestützt, mit geschlossenen Augen, während die beiden
Männer, die jeden Tag um diese Zeit in ihrer Mittagspause
kamen, sich an ihren Bierflaschen festhaltend auf der Motorhaube ihres Ladas saßen. Belanglosigkeiten austausch-
ten, zu Dingen von Belang aufbauschten, jeden, der vor-
beikam, ob Kind oder Kegel, in ihr Gespräch integrierten.

Ich saß unter dem Mangobaum, weil es einer der wenigen Orte war, wo es Schatten gab. Statt 38 Grad nur 37½.
Und ich saß unter dem Mangobaum, weil ich es liebte, die
Ameisenstraße zu beobachten. Die kleinen Tiere mit ihren
kleinen Gliedmaßen, kleinen Beinen, die riesige Sandkör-
ner schleppten. Blätterachtel. Grashalmspitzen. Und wer
weiß wohin trugen. Ihr Lager musste irgendwo im Haus
sein, glaubte man der Spur, niemand kümmerte sich darum. So schufen sie ihr Haus im Haus, ich sah mir die Arbeit an und drückte mich vor der eigenen. Konnte verges-

sen, dass der Hof voller Menschen war. Dass meine Mutter
dort drüben, unter dem zweiten Mangobaum, auf dem
blauen Plastikstuhl saß und ein Huhn rupfte, während die
Überlebenden um uns herum gackerten. Dass meine Tante in einem riesigen Mörser mit einem Baumstamm von
Stößel getrockneten Mais für das abendliche Chima zer-
rieb. Dass meine Schwägerin neben meiner Mutter, auf einem weißen Plastikstuhl sitzend, Reiskörner wusch, trenn-
te und trocknete. Dass meine große Schwester mit einem
Bügeleisen aus Gusseisen, in dem die Kohlen rötlich glüh-
ten, die Capulanas glättete und dabei in der Hitze selbst
wie die Kohlen zu glühen schien. Dass ich als jüngstes Kind
der Familie für den Abwasch zuständig wäre, der natürlich
schon neben dem Eingang aufgestapelt auf mich wartete,
unübersehbar, auffordernd, dreckig. All das war vergessen,
wenn ich unter dem Mangobaum saß. Das klingt nun so,
als hätte ich stundenlang hier gesessen, als hätte ich das
Obst genossen und mich vor allem gedrückt. Tatsächlich
saß ich nur wenige Minuten hier, zwischen der Heimkehr
von der Schule und dem zu bewältigenden Abwasch. Tatsächlich riefen meine Mutter, meine Tante, meine Schwägerin und meine ältere Schwester immerzu: »Kay! Die Töpfe!« Also stand ich auf, jeden Tag, und wusch die Töpfe,
die meine Mutter kurz darauf mit Hühnchen füllte, meine
Tante mit Chima und meine Schwägerin mit Reis. Die meine große Schwester wieder neben dem Eingang zum Haus
aufstapelte. Doch dann war ich schon längst nicht mehr
auf dem Hof. War längst die zwei Kilometer zur Küste
gerannt, über rote Sandwege und Asphaltstraßen, durch
Schlaglöcher, vorbei an den langsam verfallenen Villen der
Kolonialisten, die mit zunehmender Nähe zum Strand immer prächtiger wurden. War schon bei meinem Versteck
gewesen, hatte meinen Drachen aus Zeitungspapier, Stöcken und Angelsehnen hervorgeholt, neu justiert und steigen lassen. Im frischen Küstenwind rannte ich zu diesem
Zeitpunkt bereits durch die sanfte Brandung des Strandes,

die kurzen Wellen, die sich auf dem mit Muscheln und Steinen durchsetzten Strand brachen, und verfolgte das Tanzen meines Meisterwerks am Himmel. Zwischen den vielen anderen Drachen der vielen anderen Kinder, die den Wind nutzten, um vom Fliegen zu träumen. Davon, die Welt von oben zu sehen, über allem zu stehen. Die bunten Bänder der zahlreichen Drachen flatterten und konnten dennoch nicht weg. Ebenso wie Mutters Hühner, deren Flügel erst gestutzt und dann vor aller Augen gerupft wurden. Als ich noch ein Kind war, fand ich es normal, ein totes Huhn vor anderen Hühnern zu rupfen, während ich unter dem Mangobaum saß, die Schale von der Frucht zog und sie aß.

3

AM TAG DANACH

Seit heute Morgen kann ich die Facebook-App auf meinem Smartphone nicht mehr benutzen. Nicht, weil mir plötzlich die Kompetenz abhanden gekommen wäre, sondern weil der Messenger sich überschlägt. Eine Nachricht nach der anderen, Hunderte, von Menschen, die ich nicht kenne, Menschen, die ich schon sehr lange kenne und Menschen, die ich schon länger nicht mehr zu kennen glaubte. Und warum? Wegen des Artikels, den ich anzeigen wollte, über dessen Anzeige man sich bei der Polizei lustig machte und der mich nun in den Wahnsinn treibt. Ganz Potsdam, ganz Brandenburg, Deutschland, ach was, die ganze Welt weiß nun, dass ich mit einem Vergewaltiger verheiratet bin. Die eine Hälfte der Welt schreibt mir: Du Ärmste, ich hoffe es geht dir gut! Die andere: Du bemitleidenswertes Stück Dreck hättest das merken und anzeigen müssen, du bist mitschuldig! Sie alle machen mich krank. Die Beschimpfungen genauso wie die Hilfsangebote, die Flüche ebenso wie poetische Worte. Ich will sie nicht lesen, nicht sehen, nicht bekommen. Es fühlt sich an wie ein Stellvertreterkrieg. Pling. Wieder ist eine neue Nachricht automatisch auf meinem Display erschienen, wieder eine Frau, die ich nicht kenne. Ich versuche es damit, mich aus der App auszuloggen, etwas, das ich sonst nie tue, und sehe auf die Uhr. Erst acht. Pling, Pling. Ach ja, die Messenger-App. Wie geht es dir, Val? Wie konnte das passieren, Val? Das hätte ich von IHM nie erwartet, Valentina, das tut mir so leid! Was willst du jetzt machen, Val? Sag, wenn du Hilfe brauchst, Val! Hilfe, Hilfe, wer braucht die nicht? Hilfe annehmen ist das Problem. Und alle fragen sie sich, fragen mich, wie kann ein so freundlicher Mensch, mein Mann, den sie alle doch kennen, einer von UNS, ein so normaler Mensch, nur so etwas tun? Ein Monster sein?

Und ich frage mich, ja wer denn sonst, wenn nicht der normale Mensch?

Meine zittrigen Finger umschließen jetzt den Griff des Messers. Ganz fest, bis meine Knöchel weiß sind, nicht mehr zittern, ich zähle bis drei, eins zwei drei, bis das Blut aus den Fingern gepresst ist. Atme ein. Eins zwei drei. Ansetzen, kurz innehalten, zustechen, durchziehen.

Während ich die Butter auf das aufgeschnittene Brötchen streiche, fangen nun auch noch meine Töchter mit dem Streiten an. Auch das versuche ich zu ignorieren, lege Salamischeiben auf die Brötchenhälften und wickele alles in Butterbrotpapier. Vier Brötchen, eine geschälte und zerteilte Gurke, vier gekochte Eier, drei geschnittene Äpfel, eine Thermoskanne voll Kaffee und zwei gefüllte Kindertrinkflaschen später habe ich so viele Mama guck mal, Mama komm mal, Mama Lene hat mich gehauen! ignoriert, dass sowohl Lene als auch Nele nun in der Küche weiterstreiten, wo ich sie nicht mehr ignorieren kann. Wo sie zwischen meinen Beinen sitzen, vor dem Schrank, in dem die Plastikdosen lagen, herumstehen und immer genau da auftauchen, wo ich gerade etwas tun will. Wo sie den Wasserkocher anstellen und grinsen, wenn der den trockenen klickenden Ton von sich gibt, weil kein Wasser drin ist. Wo sie auf die Knöpfe des Geschirrspülers drücken, weil die Zahlen so schön blinken, die Fingerchen ausgerechnet in Richtung der einen Herdplatte strecken, die heiß vom Eierkochen ist. Wo sie nun darum streiten, wer die Puppe mit den langen Haaren, die noch von meiner Mutter aus DDR-Zeiten stammt, haben und somit auch kämmen darf.

»Spielt doch zusammen damit«, sage ich, um etwas gesagt zu haben, und ziehe weiter durch die Wohnung zum Wickeltisch, verfolgt von meiner persönlichen Entourage aus zwei quasselnden Kleinkindern in niedlichen Kleidchen. Windeln einpacken, Feuchttücher einpacken, Wechselkleidung einpacken, was zum Spielen einpacken, ein Buch einpacken, noch ein Buch einpacken, Badeanzüge einpacken, natürlich die gleichen, Streitvermeidung, eine lange Liste, bevor die Flucht starten kann. Und dann: »Wo ist Papa?«, Nele mit Blick auf die leere Seite des Bettes. »Arbeiten«, sage ich und schiebe sie aus dem Schlafzimmer. »Warum?«

»Er hat viel zu tun.«

»Warum?«

»Wollen wir baden fahren, Kinder?«

Stille. Frag eine Dreijährige und eine Einjährige nie, ob sie dies oder jenes tun wollen. Sie wollen immer jenes oder dies. Aber baden fahren zieht immer, also schnell die fünf gepackten Taschen geschnappt, die Kleine auf den Arm, die andere auch, denn sie will nicht laufen, wenn Lene nicht läuft, zum Auto geschleppt und alle rein.

»Ich will auch vorne sitzen!«, sagt Nele und fängt an zu weinen.

Als das Auto endlich fährt, saugen beide Kinder an einer Frucht-Quetschpackung Apfelmus und ich schließe an der roten Ampel kurz die Augen. Geweckt vom Hupen, als einziges Auto über die Kreuzung gehuscht, jetzt aber Konzentration! Natürlich kommt nach nicht einmal zehn Minuten Fahrt das erste Mal die Frage: Bald da? Natürlich möchten die Kinder nach 20 Minuten Fahrt wieder etwas essen, obwohl ich am Frühstückstisch drei Mal gefragt habe, ob sie das Brötchen nicht doch noch schaffen, und natürlich habe ich die Tasche zusammen mit den anderen vier in den Kofferraum geschmissen, und natürlich grinst mein Baby mich von der Seite an, während sie ihre Windel bis zum Rand und darüber hinaus füllt. Also Pause, nach gerade 30 Minuten. Nele will aussteigen, sitzen ist langweilig. Sie rennt auf dem schmalen Streifen Wiese hoch und runter, während ich Lene auf den Autositz lege und ausziehe.

»Können Sie nicht aufpassen?«, tönt es über den Parkplatz und mein Herz setzt kurz aus. Ich sehe schon Nele mitten auf der Straße stehen, im Arm die Puppe, auf dem Asphalt die Bürste, in Schockstarre knapp zwei Millimeter vor der Motorhaube eines roten Autos, sehe den Kopf der Frau aus dem Beifahrerfenster schauen, mit verstörtem Blick, hebe den Kopf und sehe stattdessen: Nele hat Gänseblümchen gepflückt. Von einer Wiese, auf der von Rechts wegen vor lauter Abgasen eigentlich keine hätten wachsen dürfen. Der Dame im roten Auto ein Stück hinter uns stößt diese mutwillige Zerstörung so dermaßen auf, dass sie mit den Händen in die Hüfte gestemmt, die Sonnenbrille auf die Nasenspitze geschoben, drüberschauend, neben ihrem Auto steht und vor lauter Wut nicht bemerkt, wie ihr Dackel ein Loch in die Wiese am Zaun gräbt. »Die muss doch hier nicht alles abrupfen!«, ruft sie jetzt und wartet offenbar auf irgendeine Antwort. Ich warte dagegen auf die Beruhigung meiner Herzfrequenz. Nele sammelt, ich wickele weiter. Windel zu, sauberer Body an, Kind hingesetzt, angeschnallt, das andere eingesammelt, mit Gänseblümchenstrauß, für den ich sie lobe: »So ein schönes Sträußchen, sehr hübsch, das nehmen wir mit.«

Der Dackel ist schon mit dem Kopf auf der anderen Seite des Zauns. Am Rand des Lochs liegt eine zerdrückte Getränkedose, verrostet, ausgegraben, begräbt sie jetzt ein ungepflücktes Gänseblümchen. Alle Mann einsteigen. Weiter geht's.

»Bald da?«

Die Tränen, die ich auf der A24 vergieße, sind eine Mischung aus Angst und Stress, Scham und Hilflosigkeit. Sie haben sich seit dem Vortag gestaut, immer weiter gesammelt, bis die Fässer hinter meinen Augen voll waren. Ein einzelner Tropfen hat nun gereicht, um beide umkippen zu lassen, hier im Auto, mitten auf der Autobahn, bei 160 km/h. Die Sicht verschwimmt vor mir, die Kinder singen jetzt ein Kindergartenlied. Sie halten mein unterdrücktes Schluchzen für Mitsingen, werden immer lauter, unmelodischer, bis sie mit mir weinen, ich weiß nicht mehr, wie das passiert ist. Doch irgendwie kommen wir tatsächlich an, auf dem kleinen Parkplatz im Wald von Graal-Müritz. Pling, auch hier habe ich Empfang. »Bald da?«

»Ja mein Schatz«, sage ich und kann endlich wieder scharfe Bilder sehen. Ohne Schleier. »Wir sind jetzt da.«

Fünf Taschen aus dem Kofferraum geholt, Lene auf den Arm, Nele auch, denn sie will nicht laufen, wenn Lene nicht läuft, und den gefühlt ewig dauernden Weg hinab zur Düne genommen. Angenehm kühl streicht der Wind über mein Gesicht, das ich für noch immer glühend rot halte. Verweinte, zugeschwollene Augen, Eigelb an der Wange, ja, das muss der Grund sein für all die verstohlenen Blicke in meine Richtung. Ich stelle Nele ab, denn ich drohe zusammenzubrechen, doch sie fängt an zu weinen, will wieder hoch, zieht an meiner Kleidung, meine Kleidung, erst da fällt mir auf, was den anderen Menschen aufgefallen ist: Ich trage noch immer mein Snoopy-Nachthemd. Das, auf dem Snoopy auf dem Rücken liegt, auf dem Dach seiner Hundehütte, und schnarcht. An dem Nele noch immer zieht und zerrt, bis ich sie auf den Arm nehme und laut lachend und weinend, mit fünf Taschen und zwei Kindern am Körper an der Seebrücke stehe, immerhin mit Blick auf die Ostsee. Natürlich habe ich Wechselkleidung für die Kinder in fünffacher Ausführung. Natürlich nicht für mich. Trotzdem gehe ich nun weiter, noch ein Stück die Düne entlang, bis ich einen Weg hindurch zum Strand hinunter finde. Taube Arme, lachende Kinder. »Da!«, ruft Lene.

»Wasser!«, sagt Nele.

Ich lasse mich in den Sand fallen, die Taschen links und rechts, die Kinder, mein Nachthemd. Ich lehne mich zurück, alles im Sand, die Sonne im Gesicht, das Rauschen der Ostsee in den Ohren, Tränen in den Augen. Und plötzlich: Ruhe. Ruhe! Ich setze mich auf und sehe gerade noch, wie Lene an der Kante der Wellen angekommen ist, wie Nele dort steht und sie ansieht, lacht und klatscht, als Lene weiterkrabbelt, eine Welle kommt, eine Welle, die viel größer ist als alle Wellen davor und danach, eine gigantische Welle, die in Wirklichkeit einfach nur eine Welle ist. Sehe, wie sie sich am Strand bricht, direkt über Lene, höre das Quietschen von Nele, sehe den Mann, der zufällig dort steht, der meinem Baby unter die Arme greift und es aus dem Wasser zieht. Eine Sekunde nur hat es gedauert, eine ewige Sekunde, und im nächsten Moment stehe ich dort, reiße mein Kind an mich und genieße ihr Schreien. Kann mir kein schöneres Geräusch vorstellen.

»Wie können Sie nur?«, schreit nun der Mann in Badehose. Ich höre seine Worte, sie sind so weit weg, vielleicht stehe ich ja schon wieder an der Düne.

»Liegen da und sonnen sich, während das Kind hier ertrinkt.« Brüllt er weiter und schubst mich an der Schulter zurück. Holt mich hierher, ich suche ein Wort.

»Ich habe mich nicht …«

»Was haste denn schon für Aufgaben?«, ruft er und fasst mir ins Gesicht, ich fühle die weißen Druckstellen an den Wangen und kann nichts sagen.

»Nur auf die Blagen aufpassen, sonst doch nichts. Und nicht mal das machste richtig. Also echt«, sagt er, schubst nochmal meine Schulter und dreht sich um. Mit staksigen Schritten in Richtung der Strandkörbe schiebt er seinen Bierbauch die leichte Steigung hinauf, schimpft noch immer vor sich hin und ist verschwunden. Wie gelähmt stehe ich mit den Füßen im Wasser, Nele neben mir sieht zu mir hoch, weint vor Schreck, Lene auf dem Arm schreit noch immer, ich kann keine der beiden trösten. Stehe nur da und starre auf die Strandkörbe. Wut im Kopf. Dort hängt sie fest.

»Mama?« Von weit her, durch einen Nebel.

»Ja, Nele, Schatz?«

»Ich hab Hunger.«

»Ja, Nele, Schatz.«

Man soll Kinder nicht mit Essen trösten, sonst lernen sie, wenn sie sich schlecht fühlen, müssen sie essen. Das weiß jeder. Und wahrscheinlich stimmt es. Ich genieße trotzdem die Ruhe, während Lene die Gurkenscheiben kaut, statt zu schreien. Während Nele das letzte Ei pellt und ich meinen kalten Kaffee aus der schon lange kaputten Thermoskanne trinke. Trockenes Brötchen in meinen Mund schiebe, kaue und kaue, Zeug in meinen Mund schiebe, das ich nicht habe essen wollen, das für die Kinder gedacht war und nun doch in meinem Mund landet. Ich sehe meine beiden blonden Mädchen an, wie sie hier sitzen in ihren gleichen Badeanzügen mit Minnie Maus drauf. Wie zufrieden sie sind, weil wir baden sind, obwohl sie genauso gut an unserer heimischen Badestelle hätten zufrieden sein können.

Ich hole mein Smartphone aus der Tasche, wische verpasste Anrufe, Nachrichten und Pop-up-Meldungen weg, schalte die Selfie-Funktion ein und betrachte mich. Ein Wrack. Blass wie eine Leiche mit knallroten Augen, der Leberfleck am Kinn so dunkel wie eine Kastanie. Wahrscheinlich schon seit gestern klebt mir ein Schokoladenfleck an der Wange und strähnige Haare habe ich sowieso, in einen festen Zopf gezwängt. Ich frage mich nicht: Was ist mit dir passiert?, ich weiß es ja, wische an dem Schokoladenfleck herum, versuche ein Lächeln und zack, ein Foto von schräg oben, mit lachenden Kindern und ohne Snoopy-Nachthemd. Hier ein Filter, da ein Weichzeichner, schon sieht es nach Familienidyll am Ostseestrand aus. Mein gefiltertes Leben wandert direkt auf Facebook: *Ich danke euch allen für die lieben Worte! Uns geht es gut. Wir nehmen eine kleine Auszeit am Meer. :-) :-)*

Sofort drei Likes, leider nicht im echten Leben. Das Ei landet im Sand, erneut Tränchen, ich schütte unser letztes Wasser darüber zum Säubern, ein weiterer Bissen und ab in den Sand.

»Euch eine gute Zeit! Beeindruckend, wie schaffst du das nur?«, kommentiert eine Freundin, die mich persönlich nicht kennt. Ja, wie schaffe ich das nur, frage auch ich mich und habe keine Antwort. Auch nicht nach der vierstündigen Rückfahrt, nach der wir alle nur in Badekleidung und, kann man Nele glauben, völlig ausgehungert zu Hause ankommen. Wechselwäsche aufgebraucht, das Baby ins Nachthemd gewickelt, drauf gekotzt, das Auto stinkt, wie schaffst du das nur? Schon 94 Likes für mein gefiltertes Leben.

*

Das Opfer Katja S., das war ich nun also. Immerhin ohne Foto. Wenn auch irgendwie doch. Denn dort, auf der Titelseite der Zeitung, die noch immer zusammengefaltet vor mir auf dem Küchentisch lag, prangte das verpixelte Foto von Valentina Zinnow, ohne vollständigen Namen zwar, aber mit passendem Attribut auch für sie: Die Ehefrau des Kneipenvergewaltigers. Mit passender Frage: Wie gut kannte sie ihren Mann?

Und hier die passende Frage für mich: Warum kaufe ich diesen Mist?

Wie jeden Morgen war ich auch heute aufgestanden, bin mir mit den Fingern durch die Haare gefahren, habe mir die Jeans von gestern angezogen, ein frisches Shirt und meine Latschen, und bin den kurzen Weg zum Bäcker gegangen. »Zwei Schrippen, nen Kaffee und die Zeitung, wie immer.« Warum nur? Ich hatte den Pappbecher entgegengenommen, die Demonstration gegen die Vermüllung der Weltmeere in meinem Kopf zum Schweigen gebracht, Brötchen und Zeitung gegriffen und war gegangen, zurück in die Wohnung, wo entgegen jeder Gewohnheit Kay in der Küche saß und mich ansah. »Du sollst doch keinen Kaffee trinken!«, erwartete ich.

»Wie geht es dir heute Morgen?«, bekam ich. Kay saß auf einem der beiden roten Stühle, die wir vor ein paar

Monaten auf dem Sperrmüll gefunden und abgeschliffen hatten. Das knallige Rot war mir damals wunderschön erschienen, ein auffälliger Kontrast zu den grauen Küchenschränken des Vormieters. Der hatte sich gefreut, das Zeug nicht rausreißen zu müssen, ich fühlte mich durch diese Möbel das erste Mal als Erwachsene. Zusammenpassende Küchenmöbel. An die Fliesenwand gepasst, verfugt, in die Ecken gemessen, Einbau-Elektrogeräte mit einer Verblendung, die sie aussehen ließ wie die restlichen Schränke. Verblendung. Die roten Stühle hatten mehr Arbeit gemacht als gedacht, die Farbe war an viel zu vielen Stellen abgeplatzt, eingerissen, abgeschrammt. Also schliffen wir sie ab und strichen sie neu, die Stühle, und niemand sah, dass das Innere morsch wurde, dass das jahrzehntealte Holz hinter neuer Farbe versteckt nur wie Designerware aussah. Und jetzt sitzt Kays kräftiger Körper darauf. Die durch Muskeln definierten Arme bedeckt von einem Freizeit-Shirt, abgelegt auf dem ebenfalls roten Tisch, gleiches Prinzip, anderer Sperrmüllhaufen. Auf Kays rasiertem Kopf spiegelt sich das Licht der Küchenlampe, wandert mit den Bewegungen mit.

Ich stelle den Kaffeebecher so provokativ wie möglich dicht vor Kays Hände, was unbeachtet bleibt, sauge viel zu laut Luft durch die Zähne und sage: »So wie gestern«, wahrheitsgemäß.

»Willst du das wirklich lesen?«, fragt Kay.

»Was?«, frage ich.

Ein Deuten in meine Richtung, ich sehe an mir herunter, registriere das Foto und lasse die Zeitung fallen, als stünde sie in Flammen. Schäme mich sofort, suche meine Maske im Kopf und nehme die Schonhaltung ein.

»Wieso bist du noch hier?«, frage ich, denn es ist zehn Uhr an einem Wochentag. Vorlesungszeit. Und dieses T-Shirt verspricht, Kay bleibt auch hier.

»Ich dachte, du würdest vielleicht gern mal mit mir reden. Also. Wegen dem. Vielleicht? Ich will dich aber auch nicht drängen, Katja. Einfach da sein. Wenn du das willst.«

»Welcher Psychologe hat dir das denn geraten?«, sage ich und sehe Kay direkt in die Augen. Diese tiefbraune Iris, die Pupille thront in ihr und ruht auf mir. Dieser kleine, grünliche Fleck in der Iris ist mein Rettungsanker beim festen In-die-Augen-Schauen.

»Keiner. Du hast einfach etwas Furchtbares erlebt, finde ich, und ich war nicht gleich für dich da …«

»Und nun willst du dein schlechtes Gewissen loswerden? Willst hören: Ist gut, Liebling, nicht schlimm, dass du mich drei Stunden halbnackt auf dem Krankenhausflur hast sitzen lassen. Kein Problem, dass du dich für mich geschämt hast und mich plötzlich so schnell wie möglich rausschieben wolltest? Ist es das, warum du heute die Arbeit schwänzt?«, schreie ich, ohne zu merken, dass ich schreie. Ich habe den Bezug zu mir verloren, mein Körper scheint ohne mich zu handeln und eine Erinnerung zu haben, die mir nicht bewusst war.

»Schön, dass du schreist«, sagt Kay und lächelt schwach. »Schrei mich an, lass die Wut raus.«

»Scheiße, Kay, bist du jetzt unter die Heiler gegangen? Ich schrei dich an, weil ich das will, Mensch. Scheiße«, sage ich und muss plötzlich weinen. Was ist nur los? Ich habe Emotionen, die ich nicht fühle, so ein Fluch, ich hasse es zu weinen, wem soll das schon helfen.

»Lass die Wut an mir aus«, sagt Kay und sieht mich an, mit diesen freundlichen Augen, die ich sonst so liebe.

»Leck mich doch am Arsch! Der ist jetzt eh zur public domain geworden.«

Kay sitzt einfach am Küchentisch und sieht mich an, bewegungslos. Die Hand jetzt am Henkel einer Teetasse, der Blick so ruhig, schiefgelegter Kopf, ganz sanft nur. Ich ertrage diesen Anblick nicht mehr, dieser mitleidige Blick, greife meinen Kaffeebecher, gehe in unser kleines Büro, klappe das Notebook auf und öffne meine Mails. In der Küche herrscht Stille, kein Stühlerücken, kein Geschirrgeklapper. Nur mein Schlürfen des heißen Kaffees aus dem Pappbecher. Und schon kommen sie an, die zahllosen Nachrichten. Über die ich mich vor zwei Tagen noch gefreut hätte, die mir heute wie Steine auf den Händen liegen. »Bist du fertig?«, »Neuer Auftrag?«, »Recherchereise?«, »Kannst du das lektorieren?« Arbeit. Auf die ich antworten will. Die ich annehmen und ausführen will. Das Geld, das ich verdienen will, muss. Nicht konnte. Der Bildschirm, in den ich hineinkriechen will, nicht kann. Stattdessen sitze ich einfach hier, starre auf den Monitor und kann nicht mal mehr schreien. Gestern konnte ich noch schreien, vorhin. Jetzt nur noch sitzen und starren. Bemerken, dass Kay in der Tür steht, mich anstarrt. In Tränen ausbrechen. Endlich. Mich schämen, nicht für das, was passiert war, sondern für meine Schwäche, mein Annehmen der Opferrolle, das Opfer Katja S. aus Potsdam, mehr war ich nicht mehr.

»Es ist okay zu weinen«, wabert es an mein Ohr.

»Mein Gott, was hast du gefrühstückt, Kay?«, antworte ich und wünsche mir, in Kays Armen zu sein, eingehüllt zu sein, und wage es nicht es zu sagen, mir Nähe zu wünschen.

»Der Arzt hat mir eine Liste gegeben«, sagt Kay und hält mir mehrere Blätter hin.

»Bastel dir nen Papierflieger draus.«

Ich nehme den Plastikdeckel vom Pappbecher, drehe mich zu Kay und trinke einen großen Schluck Kaffee. Weiß, dass Kay das hasst. Noch einen Schluck, vermischt mit meinen Tränen. Keine Regung. Ich stelle den Becher auf einem Buch ab, hänge mich wieder an den grünlichen Fleck der Iris, starre, keine Regung. Ich möchte »Nimm mich doch in den Arm« sagen und habe Angst vor der Nähe. Ich möchte »Ich will eine liebevolle Berührung spüren« sagen und habe Angst vor jedem Körperkontakt. Ich möchte, was ich nicht will, und brauche, wovor ich solche Angst habe.

»Ich geh mal spazieren«, sage ich jetzt stattdessen und stehe auf. Trinke den letzten Schluck Kaffee, der Becher fällt neben den Mülleimer, ich lasse ihn liegen, lasse den letzten Tropfen auf die Holzdielen laufen.

»Gut« die Antwort, Drehen zum Flur.

»Allein.«

»Gut«, Abgang in die Küche.

Ich stehe schon im Treppenhaus auf den hölzernen Stufen, als ich endlich wieder Luft bekomme. Atmen kann. Endlich den Gürtel um meinen Hals lösen kann. Die Treppe hinunter, raus in die Sonne. Ein paar Schritte nur bis zum ersten Zusammenzucken. Die Autotür dort wird zugeschlagen, der Radfahrer kommt direkt auf mich zu, der Mann hinter mir wird plötzlich schneller, alles wird schneller, ich stehe mittendrin, in einem Angriff auf mich, mein Leben, meinen Körper, mitten, drin, im, Angriff.

Vorbei. Der Radfahrer, vorbei. Das Auto weg. Der Mann im Haus verschwunden. Ich, allein. Nur die Vögel sind noch hier, singen, als sei die Welt in Ordnung. Und plötzlich sehe ich, sie ist in Ordnung. Die Autos fahren noch. Die Sonne scheint noch. Die beiden Frauen dort hinten lachen noch. Alles ist noch. Die Ampel schaltet noch immer auf Rot, dann auf Grün. Die gelben Löwenzahnblüten zwischen den Gehwegplatten biegen sich noch immer im Wind. Ich stehe noch immer aufrecht, nehme noch immer teil und bin doch kein Teil. Ich sehe ins Gesicht dieser Frau, die mit gesenktem Blick an mir vorbeigeht, ein ausdrucksloses Gesicht, ein Gesicht wie deins, wie meins, und frage mich: Sie auch? Sieht man das irgendwo, irgendwie? An mir? Oder ihr? Wie natürlich ging ich immer davon aus, all die Menschen hier und dort seien glücklich, unverletzt, nüchtern. Sahen sie doch so aus. Wie ich. War ich glücklich? Unverletzt? Nüchtern? Und sah man die »Neins«?

*

Hilflosigkeit war noch nie Teil meiner Erfahrungswelt. Bis zum gestrigen Tag hatte ich stets genau gewusst, was zu tun, zu sagen und zu antworten war. An wen sich zu wenden, wie zu reagieren, egal was, ich kam mit allem klar. Mit meinem Umzug auf den fremden Kontinent, den andere stellvertretend für mich als »Kulturschock« bezeichneten. Mit der Tatsache, dass es doch schwieriger war als gedacht, Katja zu heiraten. Mit dem Gefühl, sich immerzu vor allen behaupten zu müssen, weil man anders war. Ich kam damit klar. Konnte stets Katja von meinem Selbstbewusstsein abgeben, mit ihr teilen, Sicherheit verleihen. Was war passiert?

Hilflosigkeit ist ein Gefühl, das aus Einsamkeit entsteht. Etwas, das ich aus meiner Jugend nicht kenne. Einsam sein. Allein sein. Hinter einer verschlossenen Tür sein. All das lernte ich erst in Deutschland kennen, warum also nicht auch Hilflosigkeit? Ich ließ sämtliche Psychologen-Mailboxen ihre Texte aufsagen, sprach immer wieder meinen drauf und wusste doch, niemand würde sich zurückmelden. Ich sprach mit Maschinen. Alles, was wir nicht tun wollten, ließen wir Maschinen tun. Absagen an psychisch Kranke verteilen: Mailbox-Maschine. Kaffeekochen: Kaffeemaschine. Wäsche waschen: Waschmaschine, Essen aufwärmen: Mikrowelle. Im Altenheim, das jetzt Seniorenresidenz hieß, weil es freundlicher klang und man so noch unfreundlicher sein konnte, würde es schon bald eine Alte-Menschen-Wende-Maschine geben, womit man vermelden könnte: Weniger Senioren auf Pflege angewiesen! Großer Erfolg! Für alles eine Maschine. Großer Erfolg! In meiner Heimat gibt es Menschen, die einander helfen, Aufgaben untereinander verteilen, Menschen in ihren Betten wenden, damit sie sich nicht wund liegen, hier gibt es Maschinen und Assistenzsysteme und Einsamkeit. Und keinen Therapieplatz für ein Vergewaltigungsopfer, das kein Opfer sein will. Noch gibt es keine Therapiemaschine. Aber wenn Katja so weitermacht, wird sie sich wenigstens in ihrem Krankenhausbett wenden lassen können.

Ich ging aus der Küche ins Wohnzimmer, sah den weißen Umschlag auf dem sonst leeren, polierten Glastisch liegen. Fuhr mir mit den Händen über die Oberarme. Eine Angewohnheit, die aus der Zeit meiner Kindheit stammte, als diese ständig durch Stürze und Unsinn Abschürfungen trugen. Hoch und runter, so ging ich durchs Zimmer. Lief am Couchtisch vorbei, wo mein Blick an dem Stück Papier hängenblieb. Unbeschriftet war der Umschlag, und doch klar in der Aussage: Die Geburtsurkunde. Die Sterbeurkunde.

Ich setzte mich in den beigen Ledersessel, in dem Valentina gestern gesessen hatte, betrachtete das weiße Papier eine Weile und zog es dann zu mir heran. Wie konnte das sein? Wie konnte jemand leben, der ein toter Sohn sein sollte? Wahrscheinlich war das alles ein Hirngespinst dieser merkwürdigen Frau, die so völlig unnatürlich maskiert in unserer Wohnung gestanden hatte, mit einem Kleid, diesem Tuch um den Hals und Make-up und Sandaletten, alles hatte so merkwürdig an ihrem Körper gehangen, als sei sie von einer Laien-Schauspielbühne gestiegen.

Ich faltete das Papier auf, andächtig wie damals das Schutzpapier um meinen Doktortitel, den wir an die Wand neben Katjas hängten und seitdem unsichtbar mit uns herumtrugen, und sah sofort, hier stimmte etwas nicht. Eines der Dokumente war nicht echt. Die Stempel, angeblich vom selben Tag, sahen unterschiedlich aus, nicht gleich groß, kleine Details, unwesentlich nur und doch sichtbar. Wenn man es wollte, konnte man sie sehen. Wenn die Menschen doch nur sehen wollen würden, dann könnten sie sehen, würden Fehler finden und könnten Schicksale ändern.

Ich legte die Dokumente wieder auf den Wohnzimmertisch und ging durch alle Zimmer der Wohnung. Wollte irgendwas tun. Helfen. Eigentlich wollte ich nur, dass alles wieder war wie vor zwei Tagen. Ich setzte mich an den Computerbildschirm, öffnete das Sprachverarbeitungsprogramm Praat und lud ein neues Soundfile hinein. Drückte auf Play und lauschte einen Moment der Frauenstimme, die in einer Sprache, die ich nicht verstand, einen Text vorlas. Es war bereits die 14. Sprache, in der ich diese Studie durchführte. Die 14. Sprache, in die dieser Text übersetzt worden war, für die Probanden ihn vorlasen und ich Konsonanten und Vokale segmentierte und anschließend katalogisierte. Ich lauschte der Klangfarbe ihrer Laute und wusste, was sie sagte, ohne die Geräusche aus ihrem Mund zu verstehen, und war immer wieder begeistert, dass es möglich ist, in allen Sprachen der Welt das Gleiche zu sagen und zu meinen, mit völlig unterschiedlichen Mitteln.

Ein Wort kann in dieser Sprache eine ganze Geschichte bedeuten. Eine Mentalität ausdrücken. In meiner Heimat zum Beispiel gibt es Straßenhändler, die schieben jeden Tag einen schweren Obstkarren durch die staubigen Straßen. Dieser Karren heißt bei ihnen in einem Wort: »Gleich springt er an!« und ich liebe dieses Wort, denn es zeigt, Humor hilft dir über deine schweren Zeiten hinweg und öffnet den Glauben an eine bessere Zukunft. Morgen springt dein Obstkarren an und fährt allein, dann brauchst du nicht mehr zu schieben. Morgen wird Katja sich wieder gefangen haben, dann brauchst du nicht mehr zu helfen. Doch weil es dafür kein Wort gibt, ist sowas noch niemals irgendwo auf der Welt passiert.

Ich sitze in meinem Bürostuhl mit ergonomischer Lehne, setze virtuelle Marker um Os und Rs und Bs und As und wünsche mir die gesunde Katja zurück, wohl wissend, dass es die eigentlich nie gab. Funktionierend passt besser. Der Mensch als Maschine, so weit sind wir schon fast.

*

Ich sah sofort, dass der Polizist angerufen hatte, doch ich rief nicht zurück. Es war längst später Abend geworden, ehe die Kinder im Bett waren, ich ging bereits meine

Rituale durch, dreimal Tisch abwischen, dreimal Kühlschranktür öffnen, alles, was dann nicht drin war, würde draußen bleiben müssen. Dreimal das Blinken am Telefon ignorieren, alles dreimal tun, dreimal. Ich wollte nicht wissen, welches Haus nun wieder eingestürzt war, genoss die Ruhe der schlafenden Kinder. Ich hatte zwischen ihnen im Bett gelegen, die Nase an Neles Haaren, dann an Lenes Haaren, der Geruch nach Kind und Ostseeluft. Ich hatte ihnen über die goldblonden Strähnen gestrichen, die kleinen Münder angesehen und betrachtet, wie ihre Lider zuckten. Ich war aus dem Bett aufgestanden, hatte mich aus dem Zimmer geschlichen, alles dreimal getan, bis ich die Unruhe des Tages in mich gesperrt hatte. Alles dreimal zu tun gab mir Ruhe, Sicherheit, es richtig erledigt zu haben, es überhaupt getan zu haben. Jetzt war ich bereit, die Flasche Rotwein nur einmal zu öffnen und mich mit einem gefüllten Glas aufs Sofa zu setzen, Kleidung und Spielsachen zur Seite zu schieben, angetrocknete Leberwurst auf der Tischplatte zu ignorieren und die Augen zu schließen. War zur Ruhe gekommen. Von der Unruhe erfüllt. Dem Gefühl, dass sie tief in mir saß, weggesperrt. Nun saß ich hier, das Glas schon halb leer, und zog den Computer zu mir heran. Einloggen bei Facebook, pling pling, jetzt waren es schon 136 Likes. Ich las ein paar Nachrichten, überflog Kommentare, schloss die Augen immer wieder und wechselte schließlich die Internetseite.

Kaufmich.com begrüßte mich wie immer, mit ein paar wenigen Nachrichten, mit meinem Profilbild, das ich beinahe täglich änderte, mit sich öffnenden Chat-Fenstern, sobald mein Status »online« war, mit dem Stamm immer Schreibender und den wenigen Neuen, die auf meinem Profil gelandet waren. Ich klickte mich durch, hier eine Antwort, da ein neues Bild hochgeladen, abgeschickt. Mit Weinglas, ohne, Ganzkörper, von hinten. Ich schaltete die Webcam ein. Zog die Träger des Badeanzugs runter, schoss ein Foto. Senden. »Geil. Mehr.« Brüste raus, Foto. »Mehr.«

»Dann komm doch her.«

Eine halbe Stunde später hatte ich sämtliche Spielzeuge und Kindersachen aus dem Sichtfeld geschoben, hinter Türen versteckt, Bilder abgenommen, Kerzen rausgeholt. Eine halbe Stunde später öffnete ich mit halb heruntergezogenem Badeanzug die Tür, sein Griff ging sofort an die Brust. »Erst das Geld«, sagte ich, und er steckte mir einen Hunderter in den Mund. Drängte mich durch den hergerichteten Flur ins Zimmer, das er schon kannte, dessen Details er nicht beachtete. Ein Schlag mit der flachen Hand ins Gesicht, ich stöhnte, ein Schlag auf den Po, »Na los«, sagte er, drückte meinen Oberkörper herunter, ich spürte etwas reißen, erst der Anzug, dann ich.

100 Euro für 30 Minuten Erniedrigung. Anspucken, Schlagen, Körper Verbiegen, Würgen und Schmerz. Dafür bekäme ich auf jeden Fall einen neuen Badeanzug, dachte ich, während der Mann, dessen Namen ich nicht kenne, mir die Hände auf den Rücken band und anfing, mich mit einem Vibrator zu penetrieren, erst oben dann unten, vorne und wieder hinten. Während ich mit dem Gesicht ins Kissen gepresst dalag, mit Tränen des Schmerzes in den Augen und mich nicht zum ersten Mal fragte, warum ich über romantische Worte nur lachen konnte. Warum ich die Kerzen aufstellte und anzündete, damit er heißes Wachs auf mich tropfen ließ. Warum ich jemanden mich dafür bezahlen ließ, mir Hundenamen zu geben, mich aus einem Hundenapf trinken zu lassen, während er mich von hinten filmte, um es mir dann vorzuspielen. Warum ich das gut fand. Warum ich mir in meinem Kopf noch viel schlimmere Dinge wünschte. Vielleicht ja, weil einem nichts mehr genommen werden kann, wenn man sich allem hingibt.

Vielleicht, weil es mir Macht gibt, mich vor Männern wie dir zu erniedrigen, denn du brauchst mich dafür, du brauchst meine Unterwürfigkeit für deine Dominanz, ich bin mächtiger als du, wenn ich dir alles von meinem Körper gebe.

»Ich stell's online, ja?« sagte er, zog sich die Hose hoch und ließ einen weiteren Fünfziger fallen. War aus dem Zimmer, der Wohnung, meinem Leben, bevor ich antworten konnte. Und ich fühlte mich seltsam zufrieden. Befreit von Stress. Einen Moment, bevor der Abscheu kam. Bevor ich mich vor mir selbst ekelte. Und da lag, auf dem Bett, das es nur für diesen Zweck gab, und weinte und Bilder verdrängte und mir wünschte, ich könnte mich abmelden, alles löschen, nie ich gewesen sein, und ich könnte es lassen, jedes Mal, wenn er oder er oder er weg waren, mich wieder bei kaufmich.com einzuloggen und mir das frisch hochgeladene Video nochmals anzusehen, und ich wünschte, ich könnte es hassen, wie dieser Mann mit mir umgeht, und ich wünschte, ich hätte nicht bemerkt, dass es dieses Mal zwei neue Videos waren, und ich wünschte, ich hätte das zweite nicht angeklickt und nie gesehen, dass nicht ich auf diesem Video zu sehen war, sondern Katja, und ich wünschte, ich müsste mir dieses Video nicht die kompletten 13:42 Minuten anschauen, und ich wünschte, ich könnte mich schämen. Drei Mal.

*

Wenn ich offenbar gerade nicht arbeiten kann, dann mache ich eben Urlaub. Also sitze ich hier am Flughafen, lasse mir Last-Minute-Angebote vorlegen und entscheide mich für Südfrankreich. Da wollte ich schon immer hin, nur Kay nicht, also allein. Die Dame hinter dem Schalter mit den Lachklammern im Gesicht tippt und tippt, so lang ist mein Name doch gar nicht, K A T J A, und tippt und sieht plötzlich hoch und lächelt noch ein wenig breiter. »Haben Sie denn eine Unterkunft dort?«, fragt sie freundlich.

»Na klar, wir haben dort eine Ferienwohnung mit Blick aufs Mittelmeer.«

»So?«, sagt sie, ohne das Lächeln fallen zu lassen. »Wie

schön für Sie«, weiter tippen. »Mietwagen?«, »Klar!«, »Business Class?«, »Klar!«, »Fisch oder Rind?«, »Rind mit dem Reis vom Fisch.«, »Klar.«

Sie nennt irgendeine Summe, das gleiche Lächeln, ich sitze auf dem Lederstuhl, der wohl aus echtem Leder sein muss, ziehe meine Tasche auf den Schoß und krame das Portemonnaie hervor. Halte ihr meine American Express Gold unter die Nase und lächle zurück. Mit spitzen Fingern nimmt sie das Stück Plastik aus meinen, sieht es kurz an und schiebt es direkt wieder in meine Richtung über den Tisch.

»Das ist ein Bibliotheksausweis«, noch immer das Lächeln.

Also neuer Versuch, dieses Mal die Visa: »Haben Sie Ihre Kreditkarte vielleicht in einem anderen Portemonnaie?«, fragt sie, aber ich verstehe nicht ganz. Blicke auf die Karte, Payback. »Huch, sorry! Was ist nur los mit mir?«

Schließlich finde ich die Sparkassenkarte, sie zieht sie durch das EC-Gerät, lächelnd, lächelnd, dreimal, viermal, weil ich aufgesprungen bin auch noch ein fünftes Mal, dann bittet sie mich zu gehen, lächelnd.

Es ist das zweite Mal in zwei Tagen, dass Kay mich irgendwo abholen muss. Dieses Mal aus der Flughafen-Zelle.

Ich höre, wie der Beamte und Kay miteinander sprechen, höre irgendwelche Worte und sehe schemenhaft Bilder meiner selbst vor dem inneren Auge, als hinge ich unter der Decke des Flughafens, direkt in diesem kleinen Schalterbüro, und sähe von oben zu. Ich und diese lächelnde Frau mit der kleinen papierbootförmigen Mütze, in der Hand meine Sparkassenkarte. Ich sehe, wie ich aufgesprungen bin. Den Lederstuhl, mit echtem Leder, gepackt und zur Seite geschleudert habe, wie die Dame mit ihrem kleinen Hütchen und den an den Kopf festfrisierten Haaren noch immer lächelnd den Telefonhörer abgenommen, zwei Tasten gedrückt und etwas gesagt hat, dabei die

Augen fest auf mich gerichtet, wie ich mich mit beiden Händen auf die Tischplatte gestützt und zu ihr vorgebeugt habe, um irgendetwas vermutlich Bedrohliches zu sagen, wie die Dame weiter lächelt, unterdessen aber schon viel steifer, mit eher nach unten zeigenden Mundwinkeln. Ich erinnere mich, wie ich die Schreibtischablage gepackt und hochgerissen habe, wie der Computermonitor nach vorn umgefallen und auf den Boden geschlagen ist.

»Die Frau hat meine American-Express-Gold-Karte zerschnitten!«, rufe ich, als zwei schwarz gekleidete Männer hereinkommen, mir unter die Arme greifen und mich aus dem kleinen Büro ziehen. »Ich will doch nur der Putzfrau in unserem Haus in Südfrankreich freigeben, weil wir jetzt erstmal eine Weile in unserem Loft in New York leben werden!«

Sie lachen. Warum lachen sie? Weil sie, wenn sie nicht hier arbeiten, arm sind, obwohl sie studiert haben, und sich als digitale Tagelöhner durchs Leben schlagen müssen und langsam verrückt werden, auch ohne ihre körperliche Integrität eingebüßt zu haben? Was gibt es da zu lachen? Wenn sie mich gehen lassen, werde ich ihnen einfach ein paar Tausend Euro von meinem auf ihr Konto überweisen und schon sind ihre Probleme gegessen und sie können zu Hause sitzen und ihren Roman schreiben, den sie schon immer schreiben wollten aber nicht konnten, weil sie den Großteil ihrer Zeit Flughafensecuritys sind. Doch das geht natürlich nicht, denn dann wären sie keine Flughafensecuritys mehr und ich könnte weiter diese arme Frau anschreien, ihre Einrichtung zerstören und mich darüber amüsieren, wie tapfer sie lächelt.

*

Sie muss geschrien haben wie eine Verrückte, sonst hätte man mir keinen Polizeiwagen mit Ziel »Klinik für Psychosomatische Medizin« zur Seite gestellt. Der Beamte erklärte mir dies und das, Formalitäten, hier unterschreiben, dort den Ausweis hinlegen. Ich tat und tat, hörte zu und nickte und war irgendwie froh. Dass das passiert war, ohne Verletzte. Denn dass so etwas passieren musste, war nach den letzten Stunden keine Frage gewesen. Nur wann und wie, wo und womit. Und nun war ich froh, die Verantwortung abgeben zu können, nicht mehr zum Reden bewegen zu müssen. Stand hier, hörte mir Dinge an, die ich unterzeichnen sollte, dankend erhalten, Haken dran und raus hier. Der nächste Betrunkene kommt bestimmt und braucht die Zelle.

Und Katja, die sah immer noch aus wie Katja. Gar nicht wie eine Verrückte. Ihre Kleidung war ordentlich, die Frisur okay, nur ein wenig durcheinander. Ich fuhr ihr, als wir nebeneinander im Auto saßen, mit den Fingern durch die ungekämmten Haare, versuchte sie ein wenig zu richten, doch Katja schob meinen Arm weg und sah aus dem Fenster. Ich weiß nicht warum, aber ich hatte das überwältigende Bedürfnis, alles an ihr glätten, herrichten zu müssen. Dafür sorgen zu müssen, dass ihre kurze Hose richtig saß, das Shirt nicht hochrutschte, die Haare ordentlich lagen und kein Maskara schwarze Ränder unter die Augen zeichnete. Ich wollte nicht, dass sie irgendwie doch wie eine Verrückte aussah, was verrückt war, denn nun passierten wir die Schranke zum Klinikgelände, quasi der Ausweis fürs Verrücktsein. Sie saß ganz still, als wir an den Gebäuden vorbeifuhren, die unterschiedliche Stationen beherbergten, als sie die Schwangere sah, die gerade auf eine Parkbank gestützt eine Wehe zu veratmen schien, als sie den Krebspatienten sah, mit der Klappe am Kehlkopf, aus der der Qualm seiner Zigarette aufstieg. Sie zuckte nicht, als sie die beiden alten Frauen sah, die auf einer anderen Parkbank im Grünen saßen, eine mit Infusionsständer neben sich, die andere mit Beutel am Bein. Unsere Altersvision, Katjas und meine. Zusammen tattrig werden, Krankheiten austauschen, Urinbeutel halten, Infusionen wechseln.

Erst als das Polizeiauto vor einem unscheinbaren Eingang hielt, an dem kein Schild angebracht war, nur G4 stand, schlossen sich plötzlich ihre Finger um meine. Der Wind zog leise durch die Bäume, die wie Soldaten um das Haus gruppiert standen. Genau gegenüber stand ein Bushaltestellenhäuschen, das eigentlich ein Raucherinselhäuschen war, die dort stehenden Patienten mit Schlappen an den Füßen sahen zu uns rüber, schienen zu prüfen, ob jemand ging oder kam, und sahen zufrieden aus, als sie uns aussteigen sahen.

4

UND WENN ICH NICHT ALLEIN WAR

Valentina

Und wenn ich nicht allein war, wäre ich es gern gewesen, denn dann war ich bei meinem Vater. Aber wenn ich im Alter von sieben Jahren morgens aufwachte, war ich allein. Meine Mutter zur Arbeit, mein Vater sowieso, nur die Schwestern und ich im Haus. Die beiden saßen in ihrem Zimmer, ich sah sie nie, fast nie, eigentlich nur, wenn wir stritten, uns die Zimmertüren vor den Kopf schlugen oder Dinge nach einander warfen.

Morgens ging ich in die Küche, holte das fertige Frühstück aus dem Kühlschrank, stopfte es in meinen Schulranzen und saß da. Allein. Löffelte meine Cornflakes, allein. Wartete darauf, dass der Wecker klingelte, allein. Hörte das Klingeln des Weckers, nahm meinen Ranzen und verließ das Haus, allein. So allein war ich, und das war in Ordnung, ich kannte es nicht anders. Aber manchmal, da war Wochenende und ich war allein in meinem Zimmer und musste aufs Klo. Doch mein Vater war im Bad, schon ewig. Also wartete ich und wartete, doch er kam nicht heraus, also klopfte ich irgendwann an: »Komm rein.«

Der Klang seiner Stimme war freundlich, warm, also ging ich rein, setzte mich aufs Klo und starrte ihn an und er mich und ich pinkelte, während er starrte und ich wäre lieber allein gewesen. »Guck ruhig«, sagte er und fasste sich zwischen die Beine, als würde er sich kratzen, viel zu lange und ausdauernd und plötzlich wurde alles größer und ich wollte gehen, wollte weg, aber er sagte: »Bleib doch.«

Und ich blieb, denn woanders wäre ich nur wieder allein und ich wollte nicht allein sein, wollte bei meinem Vater sein, denn ich liebte meinen Vater, also starrte ich immer noch und er zurück und ich sah zu ihm hin, wie er sich anfasste, bewegte, wusste nicht, was er tat, was ich tat, pinkelte erneut und er auch, doch etwas Weißes, Dickflüssigeres. Männerpipi, dachte ich und er stöhnte kurz und sagte: »Bist du fertig da?«, und ich spürte, er meinte sich.

Und am Sonntag, da war der einzige Tag in der Woche, an dem ich morgens ins Bett meiner Eltern durfte, mit ihnen kuscheln durfte, also ging ich jeden Sonntag, ich weiß noch, wie ich die Tage zählte in meinem Hausaufgabenheft. *Heute wieder kuscheln!*, dachte ich auch an diesem Sonntag und wusste nicht, dass ein Kind nicht die Tage zählen sollte, um kuscheln zu dürfen. Also ging ich ins Bett meines Vaters, nur meines Vaters, meine Mutter stand auf, fast sofort, murmelte »Kaffee« und war aus dem Zimmer und ich lag im Bett meines Vaters und spürte seine warme Hand, seinen Arm um meinen Körper und liebte die Wärme, wünschte mir so sehr, ihm nah zu sein, und hatte Angst vor meinen Wünschen. Ich lag in seinem Bett, er drückte sich an mich, hielt meinen Körper ganz fest, aber mir wurde es zu eng, ich schob mich ein Stück weg, wollte, konnte nicht, nur ein kleines Stück. Er hatte die Hand auf meiner Brust, schwer wie ein Stein, dann auf dem Bauch, er streichelte mich, die andere am Po, ein Kuss auf die Wange, den Rücken, die Finger vom Po durch die Beine nach vorn, das war unser Kuscheln. Ein anderes Kuscheln kannte ich nicht, so kuschelte man mit seinem Vater, so wurde man geliebt, als siebenjähriges Kind am Sonntagmorgen, das war die Körpernähe, die mir zustand, die ich bekam, und ich wollte Wärme, also fühlte ich die Finger zwischen meinen Beinen, fühlte, wie seine Hand meine Brust losließ, wie er hinter mir zu zittern begann und wieder das Stöhnen. Ein kurzes Stöhnen nur, etwas Nasses, Warmes an meinem Po und ich dachte: Hat er jetzt ins Bett gemacht?

Und die Tage wurden öfter, an denen ich nicht allein war, und ich wünschte mir jetzt immer öfter, doch allein zu sein, und wollte doch so dringend bei ihm sein, und ich wusste jetzt, warum meine Schwestern in ihren Zimmern blieben, und ich lief durch die Wohnung, ganz leise und so, als sei ich nicht da. Doch er war da, saß in der Küche, las seine Zeitung, sah mich an und klopfte auf seine Oberschenkel. Ich wusste nie, was geschah, also ging ich zu ihm und ließ ihn mich küssen und drücken, ließ ihn seine Hand auf meine Brust legen. Ließ zu, dass er mich festhielt, obwohl ich aufstehen wollte. Ließ zu, dass ich sagte: »Ich will gehen«, und er: »Ach komm schon.« Seine Hände wanderten und mit der Zeit fing ich an zu begreifen, zu verstehen, zu sehen. Er fing an, seine Hände von der Brust zwischen meine Beine wandern zu lassen, erst über dem Stoff, dann darunter und dabei nach Bier und Schnaps zu stinken. Er fing an, plötzlich nachts in meinem Zimmer zu stehen, mit einem Knall die Tür aufzureißen und plötzlich bei mir im Bett zu liegen. Und ich hörte auf, mich zu erinnern, hörte auf, diese Momente weiterzudenken. Denn ich hörte seine Stimme, Worte wie schön und Wärme und Kuscheln, und liebte die Worte und hasste die Taten und verfing mich in einem endlosen Knäuel in meinem Kopf, das ich in mir unter den Teppich schob. Ich hörte auf, mir etwas zu wünschen.

Er fing an, immer seltener in meiner Tür aufzutauchen, als ich Brüste bekam. Die er nur ein einziges Mal umfasste, von hinten, während ich wieder auf seinem Schoß saß, den Bieratem roch und ihn sagen hörte: »Jetzt wirst du auch ne Frau.« Und als sei das was Schlechtes, hörte er auf, ganz plötzlich, und ich schämte mich, eine Frau zu werden, und ich schämte mich, Brüste zu haben, und ich schämte mich, jemand zu sein, den nicht mal der eigene Vater mehr lieben wollte. Und eines Tages, irgendwann lange nach der letzten Berührung, war ich so einsam geworden, dass ich wieder im Badezimmer saß, allein, auf der

Toilette, nackt, mit einer Rasierklinge in der Hand, und meine langsam wachsende Brust betrachtete und mich fragte, wo ich die Klinge ansetzen müsste, um sie vollständig abzutrennen von mir. Ich wollte sie loswerden, ein physisches Stück von mir loswerden, den Grund, warum mein Vater mich nicht mehr lieben wollte. Ich weiß nicht mehr, warum ich es schließlich doch nicht tat.

*

Katja

Und wenn ich nicht allein war, war ich betrunken. Denn anders hielt ich Gesellschaft nicht aus. Ich brauchte meine innere Emigration, meine Ruhe, Einsamkeit, war es doch das, was ich kannte. Andere Menschen stießen mich ab, ich weiß nicht warum. Im Alter von zehn war ich das erste Mal betrunken, ein Vollrausch nach einer halben Flasche Wein. Ich landete im Krankenhaus, drei ganze Tage ausnüchtern, besorgte Blicke, hohle Worte, und schon schickten sie mich ohne weitere Bedenken zurück in dieses Heim, aus dem ich gekommen war. Zurück in meine Hölle voller Menschen. Ich kam nie wirklich klar mit Menschen. Mit ihren Worten und Bewegungen. Was sie sagten, langweilte mich, obwohl alle anderen lachten. Ich wollte auch lachen und einer sagte, wenn du lachen willst, Spaß haben willst, dann trink mal das hier, und ich trank und lachte tatsächlich, mich selbst ins Krankenhaus. Doch seit diesem Tag trank ich *das hier*, was immer es war, wenn andere lachten und ich nicht allein war. Ich trank, was man mir gab, und man gab mir viel und irgendwann reichte eine Flasche Wein nicht mehr, ich brauchte zwei und einen Schnaps. Und irgendwann saß ich mit den anderen in irgendwelchen Parks, da war ich zwölf und sah Menschen beim Spazieren zu, ihren Hunden beim Kacken, und lachte über alles. Die Menschen gingen an uns vorbei, sahen kurz rüber, verzogen die Münder und gingen vorbei. Sie sahen, dass ich erst zwölf war, und sie auch und er, aber es interessierte sie nicht. Dreckspack. Pennerkinder. Suffis. Namen, die ich schnell kennenlernte, die in meinem Gehirn waberten und zu mir gehörten. Pennerkind. Bin ich das Kind eines Penners oder ein Kind als Penner? Ich war zwölf und wusste nicht, was das ist, ein Penner, ich erinnerte mich an Ulrich und dachte: Das muss er sein, der Penner, dessen Kind ich war, denn wenn ich jemandes Kind war, dann von Ulrich und Martha, doch die lagen unter der Erde. Wir saßen im Park, heute mit Bier statt Wein, wie immer auf unserer Bank, und die Namen der anderen weiß ich nicht mehr, die Namen der anderen wusste ich nie, sie hießen Shorty und Specky und Alte und Nutte und Fotze und Schwanzlutscher, aber schon damals wusste ich, Namen waren das keine. Ich saß also auf der Bank, mit Nutte und Fotze und ich weiß nicht mehr wie ich hieß, aber wir tranken unser Bier und lachten und vergaßen, dass hier gar nichts lustig war, und sahen zwei Frauen, piekfeine Frauen, mit piekfeinen Kleidern und piekfeinen Schuhen und piekfeinen Hündchen. Und sie sahen uns an und sie kamen näher und sahen mich an und sahen auf meine Brust, die nicht da war, ich war die Einzige hier, die noch keine Brust hatte, ich glaube sie nannten mich deshalb Ohne-Titte, und sie sahen wieder auf mich und sagten: »Wie alt bist du?«

Und ich so: »Drei. Sieht man doch.« Und alle lachten, Nutte und Fotze und Shorty und Specky. Doch sie sahen mich immer noch an und sagten: »Du armes Kind«, und ich dachte, sie müssen verrückt sein in ihren piekfeinen Hirnen. Armes Kind. Ich war ein glückliches Kind, denn ich hatte endlich gefunden, was mich zum Lachen brachte, was mich Menschen ertragen ließ, was mich aus meiner Einsamkeit holte.

Jetzt sprachen die beiden mit Alte, sie war die Älteste von uns und eigentlich schon erwachsen, aber noch immer im Heim. Sie schrieben was auf und schüttelten Hände, sie lächelten freundlich ein piekfeines Lächeln und plötzlich bemerkte ich: Ihr Lächeln war anders als meins und Shortys. Piekfein? Vielleicht.

Seit diesem Tag, da war ich zwölf, saß ich nicht mehr auf der Parkbank mit den anderen, deren Namen ich nie kannte, und trank mein Bier, meinen Wein aus dem Tetra Pak. Später an diesem Tag kamen die zwei Frauen zu uns ins Heim, Alte hatte dafür gesorgt, dass ich da war, und sie gaben mir die Hand. Diese warme, weiche Hand. Ich erinnere mich, als stünden sie jetzt in diesem Moment neben mir, als sähe ich jetzt ihre piekfeinen Gesichter, die gar nicht piekfein waren, sondern freundlich und offen.

Und wenn ich jetzt nicht allein war, dann war ich nicht mehr betrunken. Dann war ich bei Merle und Sandra, mit ihren piekfeinen Seelen, und trank nur noch manchmal.

*

Kay

Und wenn ich nicht allein war, dann war ich glücklich. Dann spielte ich irgendein Spiel mit meinen Geschwistern oder meinen Freunden, mit Steinen, die wir gefunden hatten, oder mit Dosen, mit Muscheln. Wir saßen immer hier, neben dem Tor zur Mülldeponie, denn hier gab es die besten Sachen und die besten Geschichten. Hier sah man, wenn jemand Dosen oder alte Kleidung wegwarf, kaputte Töpfe oder Dinge, aus denen sich ein Drachen basteln ließ. Hier bekam man mit, wenn jemand Autoreifen entsorgte, mit denen man dann den kleinen Hügel auf der anderen Seite hinabrollen konnte. Ich setzte mich hinein, kauerte mich zusammen, bis der kleine Körper mit angezogenen Beinen in das Hartgummi passte, wo eigentlich die Radaufhängung steckte, und die anderen rollten mich zum Hügel, lachten und sangen irgendein Lied und ich erinnerte mich jedes Mal daran, wie das für mich beim ersten Mal war. Wie sie mich an den Rand gerollt hatten und schon das dafür sorgte, dass mir kotzübel wurde. Doch ich schrie: »Los!«, und sie ließen den Reifen los und ich wurde schneller und schneller, der Reifen hüpfte und knallte auf Steine und unten war ich nicht mehr schwarz, sondern blau und rot und vollgekotzt, doch ich rief: »Nochmal!«

Wie Kinder eben so sind.

Und manchmal, da warf einer einen Menschen weg. Wir saßen am Eingang und verschwanden schnell, wenn wir einen Mann sahen, der einen großen Rucksack trug. Einen, in den kein anderer Mann gepasst hätte, sondern einen, in den nur ein Kind passt, ein kleineres als wir es waren. Wir versteckten uns vor diesen Männern, sie kamen nicht oft, aber wenn sie kamen, versteckten wir uns. Und sie sahen aus wie ganz normale Männer, mit Hosen von Männern, manchmal Polizeiuniformen, Anzughosen, oft waren es Anzughosen. Wir erkannten sie nur an den Rucksäcken und wir folgten ihnen so leise wir konnten und sahen den kleinen Körper aus dem Rucksack fallen, irgendwo an einer Stelle der Mülldeponie, und sahen, wie der Mann in Anzughose oder Polizeiuniform ein paar alte Dosen und Reissäcke über den Körper schob, mit dem Fuß, ihn verscharrte, versteckte. Und dann war er wieder weg und wir gingen nie hin zu dem Platz um zu sehen, wessen Körper das war.

Und manchmal, da kamen ganz viele Männer, ohne Anzughosen, dafür mit brennenden Stöcken. Nur ein Mann hatte keinen brennenden Stock und wir sahen die Männer und erkannten den Anzughosen- oder Polizeiuniformenmann, wie sie ihn stießen, wie er so blau und rot und vollgekotzt war, wie ich nach meinem ersten Reifenabenteuer. Das erste Mal fragten wir uns noch, ob die Erwachsenen die gleichen Spiele spielten wie wir. Doch der Mann in der Mitte, jetzt ohne Anzughose oder Polizeiuniform, ganz ohne Kleidung, sah nicht nach Spaß aus, wie die anderen ihn stießen, und sein Schrei klang nicht nach Spaß, als sie ihn mit irgendwas übergossen und er sich wie verrückt die Augen rieb. Das erste Mal, als ich sah, wie sie die brennenden Stöcke an einen Mann hielten, der vorher ein Polizeiuniformmann oder Anzughosenmann gewesen war, hielt ich das für ein komisches Spiel. Es sah komisch aus, wie der Mann als lebender brennender Stock über die Mülldeponie rannte, auf Dosen und Kinderkörper trat und stolperte und fiel und liegen blieb und zum Kinderkörper wurde.

Wenn ich nicht allein war, war ich mit meinen Brüdern und Schwestern zum Spielen an der Mülldeponie und wir sahen, wie die Erwachsenen ihre Probleme lösten, und wussten, irgendwas daran stimmte nicht, doch wir wussten nicht was, also rollten wir weiter in Reifen den Abhang hinab und versuchten, nicht auf Kinderkörper zu treten.

5

LASS MICH IN RUHE, ABER NICHT ALLEIN

Das erste Mal seit meiner Studentenzeit stand ich wieder an einer Bushaltestelle irgendwo in Berlin. Ich wusste nicht, wie der Stadtteil hieß, in dem die Klinik lag, ich wusste nur, es gab hier keine Straßenbahn, also musste es Westen sein. Ich stand zwischen den Altbau-Mehrfamilienhäusern, mit Imbissen und kleinen Kiosken in den Fassaden, sah zwei Männer vor dem Getränkemarkt miteinander diskutieren und fragte mich, warum alles so normal war. Ich hatte gerade meine Frau in einer Psychiatrie abgegeben, doch die Welt kümmerte das nicht. Die Sonne schien auf die grünen Kastanienblätter der noch jungen Bäume am Straßenrand, Autofahrer hupten, die Frau neben mir öffnete zischend den Deckel ihrer Wasserflasche, als würde sie verdursten, müsste sie noch einen Moment länger warten. Ihre Musik drang durch die Kopfhörer als rhythmisch metallisches Surren zu mir.

Jetzt war der Bus von weitem bereits zu sehen, das Gelb leuchtete die schnurgerade Straße hinauf, kam näher und hielt schließlich direkt vor mir. Er öffnete zischend die Türen, entließ zwei Menschen und nahm uns Wartende auf.

Es war nicht weit bis zum Hauptbahnhof, der Bus manövrierte halbwegs rücksichtslos durch den Verkehr, niemand drinnen zuckte auch nur, wenn es draußen wild hupte. Alle blickten auf ihre Telefone, hatten Kopfhörer auf oder unterhielten sich, oft, indem sie einander etwas auf ihren Smartphones zeigten. Ich saß auf meinem Platz und sah gedankenverloren aus dem Fenster, ließ Berlins Architekturmix an meinem Bewusstsein vorbeirauschen und verlor mich in mutmachenden Phrasen in meinem Kopf. Es hatte sich falsch angefühlt, Katja dort zurückzulassen, wie mein Versagen, als hätte ich ihr helfen müssen statt denen, obwohl ich doch wusste, ich konnte es nicht. Niemand würde es besser können als die Ärzte dort, sagte ich mir und sah Katja trotzdem vor meinem inneren Auge in einem grauen Overall in einem gefängniszellenähnlichen Zimmer auf dem Boden sitzen.

Ich würde meine Katja zurückbekommen, sagte ich mir gegen dieses Bild in meinem Kopf und sah die gläserne Kuppel des Hauptbahnhofs auftauchen. Zwängte mich zur Tür, ignorierte die Hinweise, die anderen wollten auch aussteigen. Ich wollte diesen Bus verlassen, dessen Haltestellenliste den Namen der Klinik enthielt, ich glaube, ich hatte plötzlich Angst, nicht rechtzeitig rauszukommen und im Kreis zu fahren, und, wenn ich schon mal wieder da war, Katja zurückzubekommen, ich zwängte mich aus der Tür und atmete Berliner Hauptbahnhofluft. Jetzt drängten sich die anderen an mir vorbei, leise fluchend, mich verwundert anschauend, weil ich direkt an der Bordsteinkante der Haltestelle stehen geblieben war, ich ging los. Zielstrebig ins Gebäude, als müsste ich einen Zug kriegen. Als wüsste ich genau, wo mein Bahnsteig ist. Mit der Rolltreppe zu den Bahngleisen nach oben, stand ich nun in der Zwischenebene und sah mich um. Sah all die Menschen, die lebten. Zur Arbeit gingen. Oder nach Hause. Zur Freundin. Kinder abholen. Nach Prag oder Wien, ach warum nicht gleich Australien? Der Flughafen war schließlich nicht weit, warum eigentlich hatte Katja so verdammt weit von mir weg gewollt, New York? Klar, ein wenig weiter ging schon noch, aber nicht mehr viel. Ich fragte mich das und wusste natürlich, nicht meine Person war es, vor der Katja die Flucht ergriff, und doch fühlte es sich so an.

Schon immer hatte ich mich manchmal gefühlt, als wünschte sie mich zurück nach Südafrika, weit weg von ihr, als sei ich ihr hier viel zu nah, doch gesagt hatte sie das nie.

Ich ging jetzt auf der Zwischenebene an den Geschäften entlang, vorbei an Zeitschriftenshops und Bäckereien, kaufte mir ein belegtes Brötchen und aß es im Gehen. Schmeckte nichts. Ich glaube, ich lungerte ewig am Hauptbahnhof herum, weil ich hier weit genug von der Klinik entfernt war, um nicht von irgendwem als von dort kommend erkannt zu werden, und doch nah genug, um mich nicht komplett so zu fühlen, als ließe ich Katja zurück. Ich bin ja noch hier. In 15 Minuten wäre ich wieder da. Das ist quasi noch da.

Ich zog mein Smartphone aus der Tasche, keine Anrufe. Konnte Katja dort telefonieren? Sicher konnte sie das, das war ja wohl kein Gefängnis. Trotzdem hatte sie nicht angerufen, ich war schon über eine Stunde weg, und sie hatte nicht angerufen, es geht ihr gut dort, sie wird wieder die Alte, ich muss in unsere Wohnung fahren und für sie da sein, wenn sie zurückkommt. Los!, dachte ich und stand wieder vor dem Bäcker mit leeren Händen und ließ die Menschen an mir vorüberziehen. Hörte die Durchsagen, die mich nicht meinten. Den Klang der einfahrenden Züge. Abfahrenden Züge. Das Gelächter und Stimmengewirr. Das Geräusch der über die Bodenplatten rollenden Koffer. Absatzschuhe. Kakophonie der Dinge und ich vollkommen tonlos mittendrin, erfüllt von plötzlicher Zuversicht. So vieles hat Katja bereits geschafft, ich will nicht überlebt sagen, aber das meine ich natürlich, so vieles bereits verarbeitet, das schafft sie auch, sie ist in Sicherheit und ich für sie da, blabla, in fünf Minuten kam der Zug, ich war mir plötzlich der Schweißränder auf meinem Hemd bewusst, so dessen bewusst, dass ich hier stand und gerade meine Frau in der Psychiatrie abgegeben hatte, weil sie vergewaltigt worden war, weil ihr etwas passiert war, musste sie nun therapiert werden, vielleicht war das die Definition von ungerecht.

*

Wenn du beim Ansehen deiner ins Internet gestellten Erniedrigungen immer wieder dein Handgelenk gegen die Tischkante schlägst, im Rhythmus der Bewegungen auf dem Bildschirm, mit der gleichen Intensität, und es ähnlich knallt jedes Mal, und das Knallen das Klatschen übertönt und dein Stöhnen dein Stöhnen aus dem Internet, bis die Haut in echt und virtuell von knallrot zu bläulich gewechselt hat, dann kannst du dich nur noch betrinken. Vielleicht wirst du ihn dann los, den Selbsthass. Und wenn du anfängst, von dir selbst als »Du« zu sprechen, weißt du, dass du dissoziierst, und kannst dich nur noch mehr betrinken. Bis die Flasche leer ist. Und du die Chipstüte aufreißt und die Kekspackung und die Gummibärchentüte. Und während du all das in dich hineinstopfst um zu sehen, ob dein Körper eigentlich noch zu dir gehört, ob du fühlst, wie dein Magen sich füllt, wie die Welt um dich sich dreht, ob du merkst und spüren kannst, wie dein Bauch sich bläht, denkst du an die Mutter aus dem Kindergarten, die dich vor ein paar Tagen gefragt hat, ob du wieder schwanger seist. Dein Bauch sei so rund.

»Nein, nein, nur dick«, hast du gesagt und freundlich gelacht, während sie »Oh, entschuldige, Val«, sagt und du immer noch lächelst und dich erinnerst, an die Nacht davor, als du in der Badewanne lagst.

Und du hast auf deine Knie gestarrt, die wie zwei weiße Hügel aus dem Schaum ragten. Bewegtest sie hin und her, es plätscherte und knisterte und schwappte. Schwappte über deinem Bauchnabel zusammen. Wenn du deinen Zeigefinger in den Bauchnabel gesteckt hast, ist er bis zum ersten Glied verschwunden. Weg. Eingesaugt vom Fett, das dein Körper ansaugte und festhielt wie einen wertvollen

Schatz. Fett, das gar nicht zu dir gehört, dein Leben lang nie da war und nun krätzegleich unter deine Haut gekrochen ist. Als hätte sich eine Spinne unter die Oberfläche gebohrt, ihre Eier gelegt und dafür gesorgt, dass zwischen Haut und Muskeln nun Larven leben, die sich vermehren, größer werden, mehr werden. Es gehört nicht zu dir, ein Fremdkörper ist mit dir verwachsen und du kannst nichts gegen ihn tun. Du möchtest ein Messer nehmen, ein scharfes Messer, Rasiermesser, irgendwo hat dein Mann seine Rasierklingen. Du möchtest eine nehmen und tief in diese Falte hier drücken, direkt unter der Brust, diese tiefe Falte, die so permanent wie eine Narbe ist, warum sollte sie also nicht auch zu einer werden. Du möchtest die Klinge dort ansetzen und von links nach rechts ziehen, quer über den Körper, die Haut greifen und anheben, du möchtest es anschreien, das nun freiliegende Fett, hau ab! Raus hier!, dann die Klinge ansetzen, direkt unter der Haut, und langsam das Fett abtrennen, langsam und sorgfältig, alles Fett abtrennen, zwischen Bauchdecke und Muskelschicht, so viel hast du aufgepasst im Biologieunterricht, um zu wissen, dass das so einfach nicht geht. Du möchtest es greifen, das Fett, das dann als Lappen zwischen deinen Körperschichten hängt, und zerren, bis auch die letzte Zelle gelöst ist. Dann ziehst du es heraus und zerreißt es in kleine Teile, viele hundert Teile.

Du sitzt in der Badewanne und schaust auf deine Knie. Die weißen Hügel, hier und da ein paar dunkle Härchen, ein Rubinchen und links die zwei Leberflecken. Du kennst jeden Fleck, so angestrengt schaust du in der Wanne stets auf deine Knie, um ihn nicht zu sehen, den Bauch.

Und vor ein paar Tagen hast du vor dieser anderen Mutter vor dem Kindergarten deiner Töchter gestanden, die dein Fett für ein neues Baby hielt und gratuliert hat, und hast gelächelt und gesagt: »Ich bin nicht böse, alles gut. Wirklich.«

Ja wirklich. Du konntest lachen und scherzen, während

du dir das Fett aus dem Körper reißen wolltest, reden und zuhören, Wein trinken und Snacks essen, während du das Essen verflucht hast, vom Wein gefangen warst und einen Witz erzählt hast, über den sie lachte, diese Bekannte, die dachte, es wäre alles gut.

Und heute sitzt du hier, den Computer auf deinem Schoß, das Video deiner neuesten Eskapade in Endlosschleife, ein neues Weinglas in der Hand, hast vergessen, wie spät es ist, hast vergessen, dass du dich hasst, deinen Körper, deine Wünsche, deine Gedanken und Taten hasst, weil du betrunken bist, weil du dissoziierst, was du schon als Kind gut konntest, als Kind gelernt hast, weil du dein Leben sonst nicht hättest überleben können.

Du sitzt auf der Couch in deinem Wohnzimmer, erinnerst dich an die ordentlich gräulich gestrichenen Wände von Katja, die mit Sicherheit teuren Bilder daran, erinnerst dich daran, dass du früher, im Studium, oft im Museum warst und Kunst zu betrachten geliebt hast, weil du darin eine Welt entdecktest. Jeder Pinselstrich führt die Gedanken weg von dir selbst, jeder Punkt, jeder Farbwechsel, Konturverlauf, alles nur dazu da, damit du dich darin verlieren kannst. Als du in diesem Wohnzimmer standest, den Kandinsky betrachtend, hast du dich erinnert, wie du damals in Paris warst, im Centre Pompidou genau dieses Bild im Original sahst und dich verliebtest und alles um dich herum vergessen konntest, Ruhe gefunden hast. Und jetzt sitzt du also hier, betrachtest deine fleckige eierschalengelbe Wand, darauf die Bilder deiner Kinder, mit denen du eigentlich alles besser machen wolltest, und dem einen Monet, dem Mohnblumenfeld. Die roten Mohnblumen, der Sommer, der Schirm aus Stoff in derselben Farbe wie das Kleid der Mutter, an der Hand das Kind, wie oft hast du dieses Bild angesehen, geglaubt, du seist dieses Kind, an der Hand einer Mutter, die es mitnimmt, weit weg von allem Schlechten, hin zu den Mohnblumen, die nur für dich blühen und leuchten, dir den Weg hinaus und hinein in ein Leben zeigt, sieht man im Hintergrund doch ganz deutlich das Haus, von dem es wegzugehen gilt. Doch dieses Kind bist du nie gewesen. Auch Monet ist dieses Kind wohl nie gewesen, du wirst es nie erfahren, wer dieses Kind ist. Du sitzt hier, mit schmerzendem Handgelenk und benebeltem Geist, mit hundertfünfzig Hureneuros, die dein mit dir selbst geschlossener Kompromiss sind. Der scheinbare Zwang, sich immer wieder von fremden Männern erniedrigen zu lassen, aber bitte wenigstens für Geld, für eine Illusion von Kontrolle über dein Sexualleben, als letzte Form der Rache an dem, der dir so vieles genommen hat, gibst du es nun jedem hin. Im Museum warst du schon lange nicht mehr. Etwas getan, was du wirklich tun willst, hast du schon lange nicht mehr.

*

Als ich gemerkt habe, dass die psychiatrische Klinik, in die man mich gebracht hat, dieselbe ist wie die Entzugsklinik, in der ich einst war, machte das die Sache nicht besser. Nur einmal über den Hof, dort links, da sind die Suchtis. Ich erinnere mich noch an den kleinen Park mit den vier Bänken aus halbierten Baumstämmen, auf denen die Raucher saßen. Die mit der Klappe im Kehlkopf. Sie schienen zur selben Zeit Pausen zu haben wie wir, jedenfalls saßen sie stets dort und frönten ihrer Sucht, während wir versuchten, unsere abzuschütteln. Ich war damals noch sehr jung, gerade zwölf geworden, doch schon das, was die Ärzte als Alkoholikerin bezeichneten. Sie kamen mit ihrer Liste, fragten mich Dinge, machten Haken oder keine, sahen mich an und sagten: Schon gut, dass du hier bist, Katja. Ich dagegen wollte immer ein Stück raus aus dem Gelände, denn bei der Fahrt hierher hatte ich einen Fluss gesehen, wahrscheinlich die Spree, die sich glitzernd durch Häuserreihen schlängelte und von kleinen Brücken überspannt wurde. Ich wollte mich auf die Brücken stellen und ins Wasser sehen, das Glitzern in mich aufnehmen, wie Sternenstaub. Ich wollte die Luft atmen, die in der Nähe von Flüssen und Seen immer sauberer ist, gewaschen und klar. Ich dachte, so könnte auch ich mich waschen, rein und klar werden. Doch man ließ mich nicht, nur einmal die Woche gab es einen gemeinsamen Ausflug irgendwohin. Aber ich wollte nicht irgendwohin, und schon gar nicht gemeinsam, also ließen sie mich zurück und ich schlich mich zum Fluss. Auf die Brücke mit dem kunstvollen Geländer aus Metall. Ich ließ meine Finger darübergleiten, fuhr die Schwünge und Formen ab, die die gebogenen Stäbe formten, fühlte die raue, vom Wetter gekerbte Oberfläche und wurde ganz ruhig. Ich sah auf das Wasser, das Glitzern, die winzigen Wellen des zarten Windes, ich sah die Algen, den Farn unter Wasser, hier und da kleine schwarze Gestalten durch die Tiefe huschen. Die Tiefe, die vielleicht zwei Meter betrug und mich doch hätte töten können. Aber ich war ganz ruhig und vollkommen glücklich und allein und ganz und gar bei mir selbst. Ich weiß noch, wie ich dachte: Ich baue mein Zuhause einfach hier, schlage meine imaginären Zelte auf, esse die Luft und trinke meine Träume, und ich würde wunderbar leben. Ich weiß noch, wie ich lächelte, als sie mich schließlich fanden und herumlamentierten und ich kein einziges Wort wahrnahm, die Bedeutung einfach nicht erfasste, als wäre ich in einem fremden Land. Als spräche ein Alien mit mir. Und da merkte ich das erste Mal, ich bin anders, ich gehöre nicht dazu, ich kenne Gepflogenheiten nicht, kenne die Menschen nicht, und das machte mich traurig, so unendlich traurig. Eure Sprache wollte ich lernen, wollte wissen, was eure Worte bedeuten, was ihr meint, wenn ihr von *Familie* sprecht, von *Vertrauen* und *Glück* und *Zusammensein*. Und ich war ganz sicher, ich würde das schaffen, falls nicht, käme ich eben zurück hierher, suchte den See und schlug später meine imaginären Zelte auf. Stattdessen war ich jetzt hier, auf der anderen Seite des kleinen Parks, in dem noch unscheinbareren Gebäude, am südlichen Rand des Klinikgeländes. Hinter dem Zaun, der meine Welt nun begrenzte, führte eine Straße entlang, die niemals ein Auto benutzte. Und trotzdem gab es ein Tor und direkt davor eine Ampel, die völlig unmotiviert mal auf grün oder rot schaltete, niemanden gehen ließ, niemanden stehen ließ, einfach nur Strom verbrauchte. In diesem Gebäude, das von außen aussah wie ein Würfel, der zu keinem Spiel mehr gehörte, sahen alle Gänge gleich aus. Waren die Türen doppelt verstärkt, eine Platte außen, in der Mitte weiches Füllmaterial, verdeckt von einer mit irgendwas, vielleicht Linoleum, bespannten Holzplatte, mit Türspion. Alle Türen hatten Klinken, ein paar nur von außen. Neben allen Türen hingen Schilder mit den Namen der internierten Patienten, du gehörst jetzt hierher, schau, hier steht's geschrieben, schwarz auf dreckiggelb. Nur ein paar Türen waren anders. Sie führten nicht zu Patientenzimmern, sondern zu Behandlungsräumen, Gesprächsräumen, Arztzimmern, Gruppenräumen. In allen standen diese Stühle, die aus einer Katzenmenge Leder und zwei gebogenen Stahlrohren bestehen und in so ziemlich jedem Wartezimmer Europas stehen und mich an die Stunden in einem solchen Stuhl im Krankenhausflur vor einiger Zeit (waren es zwei Tage, oder schon drei? Eine Woche, ein Monat, ein Jahr?) erinnerten und mich vielleicht sogar retraumatisierten. Denn dadurch wurde mir klar, mein Körper war gar nicht dort geblieben, er war mir gefolgt, hatte hier auf mich gewartet und sich auf mich geworfen, mich fest umklammert und laut geschrien: Du kannst nicht entkommen! Und nun sitze ich auf einem solchen Stuhl und soll mir mantraartig sagen: »Mein Körper gehört mir.« Und soll lernen, nicht hinter jedem Busch einen Verbrecher zu erwarten, obwohl ich das gar nicht tue. Ich erwarte sie nur in Hauseingängen, Autos oder hinter mir. Das ist etwas völlig anderes. Ich mache Ergotherapie, lerne Atemtechniken bei Panikanfällen, fühle mich wie im Geburtsvorbereitungskurs und will eigentlich am liebsten nach Hause. Vor allem vergangene Nacht, in der ersten Nacht, wollte ich nach Hause. Ich wollte raus aus dem Zimmer, in dem ein einzelnes Bett steht, in dem der Nachttisch an die Wand geschraubt ist, die Lampe darauf, die Birne aus Hartplastik lässt sich auch nicht bewegen. Ich wollte raus aus diesem Zimmer mit den gräulichen Wänden, die so farblos sind, als wären sie gar nicht da. Habe die ganze Nacht hinter der Tür gesessen, die sich nur von außen öffnen lässt, und mich gefragt, warum ich jetzt die Eingesperrte bin. Warum ich nun aus der Gesellschaft entfernt werden muss. Es ist doch so: Immer, wenn ich gerade versucht habe, mich in die Gesellschaft um mich herum zu integrieren, zu sein, wie ich zu sein habe, schmeißt man mich wieder raus. Ich tue, was alle tun, verhalte mich wie mein Umfeld, passe mich an, versuche dazuzugehören, lache über Witze, teile Ansichten, Meinungen, Kleidungsstil. Und was hat es mir gebracht? Nun bin ich so gleich, dass man mich schon verwechselt. Dass ich nicht mehr Katja bin, sondern Renée oder Valentina oder vielleicht auch Uwe oder wer auch immer. Dass ich austauschbar bin wie ein Computer. Nützlich zwar, keine Frage, aber austauschbar. Verlust zu verschmerzen. Also hat man mich abgestellt hinter einer grauen, farblosen Tür, die gar nicht da ist und doch zu ist und nicht mal Kay kümmert sich um mich. Vor allem Kay nicht. Kay hat mich hier hergebracht, hat mich sicher schon ausgetauscht.

Also sitze ich hier in der Ergotherapie, muss zulassen, dass man mich anfasst, es *Massage* nennt und zum Heilungsprozess erklärt. Und saß schon heute früh einem Mann gegenüber (einem Mann!), der wissen wollte, warum ich glaubte, eine American Express Gold zu besitzen und ein Loft in New York und ein Haus in Südfrankreich, und ich sah ihn an und sagte: »Weil es so ist.«

Dass das die falsche Antwort war, weiß ich jetzt, denn ich bekam einen Therapieplan für vier Wochen, auf freiwilliger Basis, sagte die Dame in Weiß, lächelte mich an und ich las: »Anwesenheitspflicht.«

Und ich sitze jetzt wieder hier, in diesem grauen Zimmer, im Kopf die Bilder dieses Tages, die Kaugummis unter den Tischplatten, das verzerrte Gesicht über mir, der Speichel, der auf meine Wange getropft war und dort noch immer brennt, sich einfach nicht abwaschen lässt. Die Bilder, die sich immer mehr und immer wieder mit denen aus dem Park vermischen, meine eigene Kinderhand an der Weinflasche, ich allein mit dem Pfarrer und einer Frau vom Jugendamt, die ich nicht kannte, am Grab von Ulrich und Martha bei ihrer Beerdigung, der Wunsch, doch auch dort zu liegen, das Verbot der Frau vom Jugendamt, das darf ich doch nicht, ich müsse doch leben! Alle wollen doch leben! Das Leben ist wertvoll! Macht Spaß! Ist schön! Lebenswert! Am Arsch. Mein Leben besteht aus Bildern, einem Mosaik in meinem Kopf, geht man drei Schritte zurück, steht da: Spring!, da bin ich sicher. Diese Bilder sind allesamt scheiße, furchtbar und eklig. Ich will sie nicht sehen. Ich will sie loswerden. Seit 32 Jahren bekämpfe ich sie, mit all meiner Kraft, Energie, Lebensfreude, und wofür? Um wieder hier zu sein. Ich bin wieder hier! In meinem Revier! Dieses Scheißlied geht mir jetzt durch den Kopf und ich möchte bitte wissen, warum? Wer hat gesagt, dass man hierbleiben muss? Wer? Seit wann gibt es eine Pflicht zu leben, seit wann? Und kommt mir nicht damit, dass die Menschen, die mich lieben, dann traurig wären, ich quäle mich schon lange genug für andere Menschen, ich bin dazu da, andere glücklich und zufrieden zu machen, nur noch hier, damit andere nicht kurz mal weinen müssen, das ist doch absurd, was ist mit mir? Ich fühle mich schuldig, weil ich schon lange nicht mehr hier sein will, und Schuld, das ist so ein manipulatives Gefühl, Schuldgefühle sind nur dafür gut, den Menschen, der sie fühlt, dazu zu bringen zu handeln, wie die anderen es wollen, mit dem Gefühl der Schuld erpressen wir Menschen, lenken wir ihr Verhalten. Und jetzt muss ich lachen, denn das Lied ist raus aus meinem Kopf, dafür dieser Spruch in meinen Gedanken, der

Spruch aus einer der Dokus, die ich so gerne sehe: »Mit Schuldgefühlen schadet man nur sich selbst«, Ted Bundy, Amerikas charmantester Serienmörder.

*

Es fühlte sich an wie mein erster Tag an der Universität, damals, als ich noch Träume hatte, neu war in diesem Land, die Welt glitzerte und Türen offenstanden, dabei war das lange vorbei. Heute besetzte ich eine Professur, war *angekommen* ohne zu wissen, was das ist, angekommen sein, hatte mir Träume erfüllt, Türen aufgestoßen, geradlinig, konsequent, über alles Störende hinwegsteigend, mit einem klaren Ziel vor Augen. Katja war kein Teil dieses Ziels gewesen, war einfach irgendwann aufgetaucht. Hatte einen Platz neben dem Ziel eingefordert, sich mich mit meinem Streben geteilt. Als wäre dieses Streben ein Körper, der Platz in jedem Raum einnimmt, in den ich gehe, ist Katja drumherum gegangen, hat den Raum als besetzt akzeptiert und war trotzdem immer da, bei mir in ihrem eigenen Raum, der erst durch sie überhaupt entstand. Aber nun war ich schon so lange in diesem Land, an dieser Universität, weiter würde das Streben nicht gehen, sein Körper war zunehmend kleiner geworden, ich war gerade 35 und schon in dem Alter, in dem Türen nur noch zufallen würden. Die Welt sah plötzlich ganz anders aus, ohne das sichere Wissen, dass Katja an ihrem Computer saß und heimlich Kaffee trank, dass sie arbeitete, recherchierte und klug war und wir Themen hatten, über die wir uns unterhalten konnten, abseits der Uni. Über die Lage der Welt, Kriege, Politik, auch viel über Kunst, wir sprachen fast nie übers Wetter. Die letzten zwei Tage war diese Katja verschwunden und ich war erschrocken, wie wenig ich damit umgehen konnte, denn immer hatte ich gedacht, was ich brauche, ist Wissen und noch mehr Bildung, und eine Karriere, etwas erreichen, etwas sein, beweisen, dass alles, was meine Familie mir gab, nicht umsonst gewesen war. Und wie sehr es jetzt meine Gedanken gefangen hielt zu wissen, was ihr, Katja, passiert war und wo sie jetzt war, und nicht zu wissen, ob sie je wieder Katja sein würde, die Katja, griff mein Weltbild an. Was zählt? Was, wenn ich nicht mehr würde vergessen können, dass ein Mann auf ihr gelegen hatte, sie überall berührt hatte, überall? Ich ekelte mich vor dem, was ihr passiert war. War es ihr Ekel oder meiner? Ich ertappte mich bei dem Gedanken, hätte ich ihr doch diesen Raum gar nicht gegeben, ich könnte jetzt einfach neue Ziele finden, doch das ging nicht, es ging nicht, weil ich mich schämte und wütend war. Und irritiert, denn eigentlich bedeutete das doch, dass ich Katja mehr liebte als meine Arbeit, dass ihr Raum größer war, in den anderen eindrang, vordrang, und das machte mir Angst. Ich sah mich selbst plötzlich alles über den Haufen schmeißen, für einen anderen Menschen alles zurückstellen, für einen anderen Menschen selbst einen Bogen in den gradlinigen Weg schlagen.

Heute, am Tag danach, war ich vor lauter Angst stur wie jeden Morgen mit dem Fahrrad den kurzen Weg am Park Sanssouci entlang zur Universität gefahren, immer am dunkelgrünen Zaun entlang, bis zum Neuen Palais und den dahinter liegenden ehemaligen Wirtschaftsgebäuden, die heute die Universität waren. Die ordentlich beschnittenen Hecken bildeten Formen auf der Grünfläche, auf der Studierende lagen und saßen und schon am Morgen lesend und redend die Sonne genossen. Ich fuhr viel zu langsam mit meinem Rad die Straße entlang, mit großem Bogen überholten mich zahllose PKW, ich trat in die Pedale, fühlte kalten Schweiß sich zwischen meinen Schulterblättern sammeln und schließlich die Wirbelsäule entlanglaufen. Versuchte mich zu verhalten wie an jedem Morgen, sah den Menschen im Vorbeifahren direkt in die Augen, die mich anstarrten, die verlegen wegschauten oder erst recht glotzten. Sah den Asphalt der Straße vor mir, sah plötzlich nichts mehr und versank in meinem Kopf. Dieser kurze Moment reichte aus, ich hatte plötzlich das Ende des Seils verloren, das ich um meine Gedanken gewickelt hatte, und nun polterten sie ungebremst durch meinen Kopf, ließen sich nicht mehr festbinden und hatten sich offenbart, meine Verdrängung war äußerst ineffektiv. Da war sie wieder, die Angst, da war er wieder, der Ekel.

Jetzt, wo ich endlich vom Rad stieg, sah ich, dass die Menschen und Gebäude hinter einem milchigen Schimmer lagen. Als trüge ich eine ungeputzte Brille. Ich zog das Schloss durch die Speichen und ließ es zuklicken, auf den Boden fallen wie jeden Morgen, sah auf und mich um, alles im Nebel, den ich stur zu ignorieren versuchte. Ich nahm routiniert die drei Stufen des Gebäudes zu meiner Fakultät, hoch zur schweren Holztür, die schon Jahrhunderte in denselben rostigen Angeln hing, drückte sie auf und atmete den Dunst alter Bücher und Wände. Eigentlich liebte ich es, zwischen den Mauern und Geschichten der Communs des Neuen Palais im Park Sanssouci zu stehen, kurz die Augen zu schließen und dem Wispern längst verstorbener Diener und Köche zu lauschen. Die ehemaligen Wirtschaftsgebäude waren heute Teile der Universität Potsdam, in denen auch mein Büro und ein Großteil der Seminarräume untergebracht waren. Ich liebte das Knarren des alten Fußbodens, liebte den Putz, der hie und da von den Wänden rieselte, und versuchte, mir wenigstens einmal am Tag ins Gedächtnis zu rufen, wo ich war und wer hier vor mir gewesen ist. Solch alte, historische, prunkvolle Gebäude kannte ich aus meiner Heimat nicht, dort zerfielen bereits die keine 60 Jahre alten Villen aus Kolonialzeiten. Sie gehörten Mitgliedern der Kolonialregierung und niemand traute sich, sie herzurichten und zu bewohnen, denn man glaubte und fürchtete, dann kämen die Kolonialisten zurück und nähmen die Villa erneut an sich. Also verfielen sie Stück für Stück, ließen zu, dass die salzige Ozeanluft Schicht für Schicht vom Gemäuer abtrug. Doch hier in Potsdam würden keine Könige und Kaiser kommen und die großen Säulengänge und Kuppeln, Freitreppen und Säle zurückfordern. Hier waren sie zur Heimat für Bildung und Forschung geworden, die ich jeden Tag aufs Neue betreten durfte, in der ich lehren durfte und atmen durfte. Hier gab es keine salzige Ozeanluft. Normalerweise liebte ich mein Dasein hier, doch heute war etwas kaputt. Die Menschen, Studentinnen und Dozentinnen, Kollegen und mir Fremde gingen wie immer grüßend durch die Gänge, wie immer grüßte ich freundlich zurück, bis ich an meiner Tür angekommen war, neben der zwei Stühle aus Industriedraht in die Wand geschraubt worden waren. Auf einem saß der Student, der schon so oft dort gesessen hatte, ich glaube er hieß Schmidt, im Zweifel immer Schmidt oder Müller, und er sprang auf, als er mich sah, streckte seine Hand in meine Richtung, hatte gewartet, sah offenbar selbst den Nebel nicht.

»Professor Sziboula«, sagte er höflich. »Ich wollte kurz etwas mit …«

»Kommen Sie in der Sprechzeit wieder«, hörte ich mich eher unhöflich sagen. So etwas hatte ich noch nie gesagt. Ich ließ Schmidt-Müller verwundert stehen und zog die Bürotür hinter mir zu. Ging in meinem Büro kurz auf und ab, schaltete den Computer ein, setzte mich und stand wieder auf. Kam mir plötzlich verloren vor. Lief auf und ab in dem dafür viel zu kleinen Büro, schob den Besucherstuhl an die Wand, stieß mit dem Fuß dagegen, trat dagegen, der Knall beim Umfallen beruhigte mich plötzlich. Meine größte Stärke, das Fokussierenkönnen, Konzentrierenkönnen, egal was ist, egal was war, war wie weggeblasen. Im Nebel. In meinem Kopf gab es nun nur noch das Bild von Katja, ihre suchenden Augen im Polizeiauto, ihre Hand, die sich fest um meine schloss. Ich habe sie im Stich gelassen, dachte ich. Ich hätte ihr helfen müssen, wir hätten das geschafft, zusammen. Ganz sicher. Warum hätte das nicht mein neues Ziel werden können? Stattdessen saß sie nun dort und hatte andere, die sich um sie kümmerten, helfende Hände, um die sich ihre schließen konnten, Ohren, die ihre Worte hörten, Augen, die ihren Lippen beim Bewegen zusahen. Ganz sicher hatte sie mich schon vergessen. Oder wünschte ich mir das nur?

Wäre das nicht der einfachste Weg? Sie würde mich vergessen, wir uns trennen und ich müsste mich nicht mehr mit ihr schämen, mich nicht mehr ekeln, verantwortlich fühlen für ihre seelische Gesundheit. Mich nicht mehr durch sie in meiner Karriere gebremst sehen. Wäre das nicht passiert, hätte ich jetzt nicht all die Mails zu beantworten, hätte ich nicht den Studenten verärgert, einen Tag verpasst, zwei Seminare versäumt, meine goldene Regel gebrochen. Schon wieder diese Idee.

Ich setzte mich nun doch wieder an meinen Schreibtisch. Starrte auf den umgekippten Besucherstuhl. Drehte irgendeinen Stift, der hier lag, in meinen Fingern. Hörte das Klopfen an der Tür. Rief »Herein!«, automatisch, starrte auf den umgekippten Besucherstuhl.

»Passt es jetzt besser?«, fragte der Student in der halb offenen Tür und starrte auf den Besucherstuhl.

»Setzen Sie sich doch«, sagte ich, automatisch, und starrte auf den umgekippten Besucherstuhl.

Er schien kurz zu überlegen, sich auf die Seite des umgekippten Besucherstuhls zu setzen, kam ins Zimmer und sagte: »Ich kann stehen. Okay. Wie geht es Ihnen? Okay, also, ich wollte, Sie sehen irgendwie müde aus? Also blass. Entschuldigung, geht das überhaupt, dass Sie blass aussehen? Ich rede Mist, nicht wahr? Ich merke es selber, oh Mann. Okay. Ich wollte nur fragen, ob Sie mir den neuen Zugang zur SoundFileCloud geben könnten, das Passwort, also, das hatten Sie ja geändert, nicht? Und ich hab das neue noch nicht, aber ich kann mit meiner Hausarbeit nicht, ich hatte Ihnen schon eine E-Mail, haben Sie vielleicht, ich würde gern einfach weitermachen können. Für meine Hausarbeit. Die Tonaufnahmen brauche ich.« Er starrte auf meine Finger, in denen sich noch immer der Stift drehte. Tippte mit der Fußspitze auf den Boden.

»Entschuldigen Sie den Stuhl«, sagte ich. »Ich sende Ihnen das Passwort jetzt gleich als E-Mail, Moment. Setzen Sie sich doch? Nein.« Ich tippte, fügte ein, hatte den plötzlichen Wunsch, diesem Studenten hier alles zu erzählen, was in den letzten beiden Tagen passiert war, ganz sicher hatte er irgendwo davon gelesen, ich wollte es loswerden, mithilfe von Worten aus mir herausholen.

»So, bitteschön. Gibt es noch etwas?«

»Erstmal nicht, Professor Sziboula, vielen Dank!«, und er war weg. Hatte den Stuhl und meine Last leider nicht mitgenommen, also stand ich auf, stellte den Stuhl wieder hin, setzte mich selber drauf, als wollte ich prüfen, wie das ist, so ein Leben ohne Doktortitel, ohne Lehrstuhl, mit nur ganz normalem Stuhl, die Sonne, die scheint, ist jedenfalls dieselbe. Nur die Blickrichtung ändert sich, die Perspektive, Ziele sehen noch aus wie Ziele, und plötzlich fiel mir der weiße Umschlag ein, der zu Hause in meinem Wohnzimmer lag, der Umschlag, den Valentina brachte, diese Frau völlig ohne Kanten oder Fehler, zumindest äußerlich. Die einfach aufgetaucht war, in meinem Wohnzimmer, Leben, Umfeld, die diese Zettel zu mir gebracht hat und aus der vergewaltigten Katja einen toten Renée gemacht hat. Wo kam sie her? Warum jetzt und nicht schon damals? Welches Damals?

Wie kann man den eigenen Kindern erzählen, ihre Schwester sei ein Bruder und auch noch tot? Wenn er am Leben ist? Eine Sie ist?

Wie war Katjas Mädchenname? Schneider. Aber wirklich. Schneider. Ich drehte den Computerbildschirm zu mir um, auf die Studentenseite des Tisches, zog die Tastatur zu mir heran und loggte mich in das Uni-Netz ein. Tippte »Renée Schneider« ins Suchfeld der Suchmaschine und erhielt eine viel zu lange Liste an Treffern. Scrollte über die blauen Links und Überschriften, Schlagworte und Teasertexte.

Wechselte zu Bilder, als könnte da ein Baby auftauchen, das Katja wie aus dem Gesicht geschnitten wäre. So ein Quatsch. Recherche, Kay, das ist doch eigentlich deine wissenschaftliche Stärke, Recherche, trenne den Mist vom Wichtigen und hoffe nicht auf kosmische Wunder. Ich fand nichts, tippte das Geburtsdatum dazu, nichts. Löschte die Buchstaben und Zahlen aus dem Feld und tippte »Valentina Zinnow« stattdessen. Fand ihr Facebook-Profil. Den Artikel von gestern. Mehrere Artikel über die Kneipe ihres Mannes. Klickte auf Bilder, alle perfekt, mit Weichmacher-Filter, von schräg oben, Sonnenlicht, eine Welt in Zartrosa, ein Leben in Watte gepackt, wie hübsch, dachte ich zynisch und scrollte über die Pärchenfotos vor der Kneipe ihres Mannes. Sie war das Anhängsel ihres Mannes, wie es schien, die Hübsche an seiner Seite, sie lächelte auf jedem Bild. Ich wechselte zurück zur Trefferliste, scrollte noch ein wenig hoch und runter und hatte irgendwann genug von so viel aufgesetzter, sich selbst zersetzender Glückseligkeit.

*

Eine tiefenpsychologisch fundierte Psychotherapie kann durchaus als Trauma im Sinne einer tiefenpsychologisch fundierten Psychotherapie bezeichnet werden. Das weiß ich ziemlich genau, denn ich hab schon eine versucht. Ein Trauma wird es aber nur dann, wenn man mittendrin aufhört, das weiß ich auch ziemlich genau, denn das habe ich gemacht. Das war nicht besonders klug, das weiß ich natürlich auch, aber Wissen ist eben nicht immer Grundlage des Handelns, schon gar nicht von Menschen, die eine tiefenpsychologisch fundierte Psychotherapie nötig haben.

Ich jedenfalls hatte mich vor 20 Jahren nicht umsonst dafür entschieden, die Dinge zu verdrängen und zu vergessen, und das hat so nachhaltig geklappt, dass Bilder und Worte und Gefühle und kurze Sequenzen und Geräusche und Gerüche im Nachhall einer Therapiesitzung wie eine

Lawine auf mich eingestürzt sind. Ungefragt, ohne sich zu erklären, ohne zu sagen, aus wessen Leben sie stammen, wessen Bilder sie sind, wessen Worte und Gefühle. Meine jedenfalls nicht, niemals. Ich war dieses Kind nicht, dessen Vater es nicht als Kind, sondern vielleicht eher als Ersatz für die erkalteten Gefühle der Ehefrau gesehen hat. Diese Bilder, die ich da sah, mussten zu einem anderen Mädchen gehören, da war ich sicher, vielleicht hatte ich sie in irgendeinem Film gesehen, was weiß ich, ich wollte sie jedenfalls nie wieder sehen, diese Bilder, diese Lawine, darum brach ich die Therapie ab und lebte weiter. Wollte weiter glauben, dass meine Mutter mich geliebt und mein Vater gern mit mir gekuschelt hat. Rief mir gemeinsame Fahrradtouren ins Gedächtnis, bei denen die Sonne durch die Baumwipfel des Waldes geschienen hatte, so hatte sie ausgesehen, meine Kindheit, voller Sonnenlicht. Trugbilder.

Heute weiß ich, es wäre klug gewesen, weiterzumachen, zu den Gesprächen zu gehen, zu reden, zu verstehen, zu entwirren, zu klären, was es eigentlich wirklich heißt, geliebt zu werden. Stattdessen sitze ich noch immer auf meiner Couch, der Computer ist mir von den Oberschenkeln aufs Polster gerutscht, die leeren Verpackungen auf den Boden, als ich eine meiner beiden Töchter rufen höre. Erst von weit entfernt, durch einen Nebel dick wie Bastelwatte, dann immer klarer. Mein Bewusstsein findet in den bereits taghellen Raum zurück, registriert kurz eine weitere Nacht, die ich quasi schlaflos im Wohnzimmer verbracht habe. Ich stehe auf, sammele die leeren Verpackungen auf und stopfe sie mir in die Tasche, nehme das Weinglas und stelle es in die Spüle, bevor ich auf das Kinderzimmer zugehe. Mein Kopf dröhnt, überlagert das Brennen zwischen den Beinen. Die Übelkeit rutscht tiefer in den Magen zurück und ist dennoch mein ständiger Begleiter auf dem Weg durch die Wohnung. Ich öffne die Tür des Kinderzimmers, die lachenden Augen, die kleinen Menschen, die mir um den Hals fallen, für die ich die Größte bin, die Beste, die Einzige, die es zu lieben gilt, wie abhängig Kinder doch sind. Ich spüre ihre bettwarmen Körper, höre ihr »Mamaaa« und fühle plötzlich, wie falsch das alles war. Wie falsch mein Verhalten, meine Überlebensstrategie. Ich muss aufhören. Ich muss einen Weg hinaus finden. Aus meinen Abhängigkeiten, nicht nur der von meinem Mann, für sie, wenn nicht für mich, und ich drücke die beiden Mädchen an mich. Sie glauben, sie halten sich an mir fest, doch eigentlich ist es umgekehrt. Ich fühle den Wunsch, all das Falsche zurückzulassen, doch irgendwie war mir bisher nie sehr wichtig gewesen, was ich fühle.

Mein Handgelenk schmerzt. Das dumpfe Pochen schiebt die Erinnerung zurück zu mir. Das rhythmische Schlagen auf die Tischkante, bis endlich Blut floss und ich einschlafen durfte. Eins zwei drei Sekunden bis zum Weckruf. Das Pochen meines Körpers, meines gesamten Körpers, der Restalkohol, die Begegnung mit Katja, der Traum von der Flucht durchs Mohnblumenfeld, die Bilder des Videos im Kopf und das Kichern meiner beiden Kinder. Ich lasse sie los, sie sehen mich an. »Habt ihr Hunger?«, frage ich, sie lachen mich an, ich fühle ihr Lachen und lache zurück. Gesichter waschen, Windel wechseln, Brote schmieren, die Butter, wie sie sich auf dem Brot verteilt, weckt plötzlich das Bild in mir, wie sich etwas Weißes auf mir verteilt, und ich lasse das Messer fallen. Reibe meine Augen. Sehe Nele und Lene auf ihren Plätzen sitzen, alles wie immer. Ich schmiere jetzt Marmelade aufs Brot, stelle ihnen die Teller hin und fange an, Kaffeepulver in die Maschine zu löffeln, eins zwei drei eins zwei drei, dieses Aroma. Kaffeeduft. Der Vater, der morgens Kaffee trinkt, allein in der Küche, und mich auf seinen Schoß hebt, der Kaffeeduft während ich spüre, wie er sich an mir reibt. Ich. Wie ich das spüre. Kaffeeduft. Alkoholatem. Etwas Hartes drückt sich durch den Stoff an mich. An mich. Kaffeeduft. Meine Kinder essen Brot, ich aß Brot als Kind, ich als Kind auf dem Schoß des

Vaters, Kaffeeduft, ich war gefangen in einer Endlosschleife aus Kaffeeduft und dem großen Wunsch zu verschwinden, nicht da zu sein. Ich. Plötzlich war es ganz klar. Einfach so. Gewissheit. Kaffeeduft. Alkoholatem. Etwas Weißes, das eine Hand auf mir verteilt. Butter war es nicht. Gewissheit. Meine Kinder lachen. Lene malt mit dem Finger ein Gesicht in die Marmelade. Nele trinkt Milch. Ich hasse Milch. Flashbacks, Bildsequenzen vor dem inneren Auge, alles, was ich immer wieder von mir weggeschoben hatte, negiert hatte, vor mir selbst geleugnet hatte, war mir passiert. Gewissheit. War kein Traum. War Erinnerung. Die Einsicht ist so klar, wie bis heute der innere Widerstand dagegen stark gewesen ist, die Bilder sind meine, die Schmerzen echt. Ich stehe in der Küche, das Marmeladenmesser in der Hand, den Duft des Kaffees in der Nase, diese Bilder im Kopf, diese Gefühle im Magen. Spüre meinen pulsierenden Körper. Das erste Mal seit Jahren kann ich spüren, dass er zu mir gehört. Dass der Schmerz meiner ist. Der Kaffee gurgelt in den Filter, tropft in die Glaskanne, eins zwei drei, es war mein Kaffee, meine Erinnerung, mein Körper, mein Wunsch, nicht da zu sein, mein Gefühl, doch aber wenigstens geliebt zu werden, Alkoholatem als Zeichen für Zuneigung, fürs Gesehenwerden, und ich finde ein Stück Glück, einen Moment der Zufriedenheit mitten im größten Unglück dieser Einsicht, aber es ist mein Gefühl, zum ersten Mal mein Gefühl, einfach und wirklich, unumstößlich meins.

Ich betrachte meine Kinder, wie sie nun durch die Wohnung laufen, ihre Teddys an sich gedrückt, noch immer leicht unsicher im Gang durch den erst frisch verzogenen Schlaf. Diese zwei Menschen, deren Glück oder Unglück von mir abhängt, und das nicht nur an diesem heutigen Tag. Ich sehe die zwei blonden Mädchen an und sehe mich. Wie ich in meinem Elternhaus gestanden habe, mit meinem Kuscheltier, das ich für meinen besten Freund hielt, weil ich keinen besten Freund hatte, das ich mit ins

Bett nahm, damit es mich beschützt. Ich sehe jetzt mich, wie ich meine Mutter sah, die ständig genervt, ohne einen Blick für mich, immer nur versuchte alles sauberzuhalten, schönzumachen, alles zusammenzuhalten, was längst zerbrochen war, ohne den Schmutz in den Seelen ihrer drei Töchter zu sehen und sich einzugestehen, dass alles längst zerbrochen war und vielleicht ein neuer Weg gegangen werden musste, durchs Mohnblumenfeld.

*

Und ich höre mich sagen, irgendwann in einem Therapiegespräch, an Tag X oder Z, ich habe aufgehört zu zählen: Ich wünschte, ich könnte einfach Buchhalterin oder Hebamme sein und nicht das Vergewaltigungsopfer von nebenan, die Frau, die schon als Kind Alkoholikerin war, weil niemand sie wollte, weil alle, die sie gewagt hatte zu lieben, sie verlassen hatten, die darum beschloss, nie mehr jemanden zu lieben, aus Angst, panischer, tiefgreifender, panischer, panischer panischer Angst, verlassen zu werden, die nur der Alkohol zu verflüchtigen wusste.

Und ich weiß, meine Worte meinten eigentlich: Ich wünschte, ich könnte einfach glücklich sein. Und ich frage mich selbst im Stillen: Muss ich denn glücklich sein? Ist irgendjemand tatsächlich so glücklich, wie er es vorgibt zu sein? Ist es erste Bürgerpflicht, glücklich und am Leben zu sein?

Die Stunden in der Klinik schleichen dahin, die Worte und Fragen tun mir gut. Die Übungen. Die Ruhe. Die Zeit, die ich habe herauszufinden, wer ich bin, dass ich keine Buchhalterin bin, sondern Katja, die immer mehr wollen wird, als sie haben kann, und immer glaubt, all das nicht verdient zu haben. Katja, die sich für nichts zu schämen braucht und es doch tut, in Grund und Boden und noch tiefer. Katja, die Angst davor hat, von den Menschen, denen sie sich öffnet, zurückgewiesen zu werden, und darum bei aufkommender Nähe diejenige ist, die zurückweist. Anderen den Schmerz antut, den ich selbst nicht spüren will.

Ich sitze auf einer halbierten Baumstammbank, in der Hand meine fünfte Tasse Kaffee an diesem Morgen, der bereits ein Vormittag ist, und frage mich, was Kay wohl tut. Wahrscheinlich im Büro sitzen. Forschen. Sprachmaterial auswerten, Aufgaben an Hilfskräfte verteilen, ein Professorenleben führen. Was wir uns damals schworen, bei unserer Hochzeit, alles gemeinsam zu erleben, nie ohne Thema beim Essen zu sitzen, die verblassende körperliche Liebe mit geistiger auffüllen zu können, scheint plötzlich in weite Ferne gerückt. Dieser Mann wird zwischen uns stehen, Kay wird mich nicht mehr anfassen können, ohne sich zu fragen, wo seine Hände waren, mich nicht mehr ansehen können, ohne sich zu fragen, ob seine Lippen auf meinen lagen, nicht mehr meine Stimme hören können, ohne gleichzeitig meine imaginären Schreie. Jedenfalls geht es mir so.

Mit der halbleeren Kaffeetasse in der Hand, den Blick auf eine Esche gerichtet, auf die leise Sonnenstrahlen fallen wie matte Schlaglichter, wandern meine Gedanken hin und her, werden klar, wie kurz erleuchtet, zeigen Bilder, die sofort wieder im Dunkeln verschwinden, spielen Geräusche ab, lassen sie verstummen. An diesem Morgen, der eigentlich schon ein Vormittag ist, mit der fünften Kaffeetasse in der Hand, weiß ich, ich werde diese Dinge nie vergessen können. Ich habe schon zu viel vergessen, zu viel verdrängt, zu viel Verlust ertragen, Hass ertragen, Ablehnung ertragen, zu viel flüssigen Beton draufgeschüttet, der nie ganz getrocknet ist, jetzt ist mein Unterbewusstsein voll. Es passt einfach nichts mehr rein. Was folgt, ist Wahnsinn.

Natürlich weiß ich, dass wir kein Loft in New York besitzen. Dass ich keine American Express habe. Ich wollte so sehr jemand anderes sein, wollte so sehr glauben, eine Frau zu sein, eine unversehrte, eine liebenswürdige. Eine unverwechselbare. Eine, die keinen plötzlichen Zwilling mit dem Namen Valentina hat.

Ich bin ganz sicher, dass ich ihn diesen Namen hab sagen hören. »Stell dich nicht so an, Valentina.« »Heute aber ganz schön kräftig, Valentina.« Klar und deutlich.

War dieser perverse Scheiß eine Art Rollenspiel?

Ich wollte mir die Frage, wie groß die Wahrscheinlichkeit ist, dass ich genau zu dem Zeitpunkt dort vorbeilaufe, als meine Doppelgängerin sich zu perversem Zeug verabredet hat, nicht stellen. Und ich will nicht wissen, warum ich plötzlich weinen muss. Wo die Traurigkeit herkommt, bei dem Gedanken, ich könnte eine Zwillingsschwester haben. Eine Familie haben, Menschen, die zu mir gehören, zu denen ich gehöre. Ich hätte glücklich sein können, denke ich, doch wenn ich mich an Valentinas Gestalt erinnere, sehe ich kein Glück, vielleicht nur, weil ich nicht weiß, wie das aussieht: Glück. Vielleicht ist es das dauerhafte Lächeln in einem Gesicht, vielleicht aber auch nur der Frühlingswind, der einem im Park ins Gesicht weht. Vielleicht macht der Blickwinkel erst sichtbar, was wir hinter dem Wald aus Enttäuschungen nicht sehen können. Vielleicht müssen wir uns nur ein Stück zur Seite lehnen, um durch die Bäume hindurchblicken zu können und das Glück zu sehen. Vielleicht stehen die Bäume für einige Menschen aber auch einfach zu dicht.

*

Das Klopfen an der Bürotür zieht meinen Blick weg vom Smartphonedisplay. Einen Moment lang überlege ich, ob das Klopfen vielleicht nur Teil meiner Gedanken war, als ich ein »Hallo Kay, bist du da?«-Rufen hinter der Tür höre. Ich schließe die Internetseiten, streiche mir kurz über den Stoff meines Hemds an den Oberarmen, über den Kopf, spüre den dünnen Flaum an nachgewachsenen Haaren und stehe auf, gehe um den Schreibtisch herum zurück, zum Professorenplatz am Tisch.

»Ja, herein.« Beschäftigter Tonfall, ich tippe etwas in die Tastatur und komme mir dämlich vor. Lehne mich zurück, bin nervös, als hätte ich etwas Verbotenes getan. Die Tür geht genauso auf wie immer. Im Raum steht jetzt Andreas, mit besorgtem Blick, eigentlich auch wie immer. Ihn besorgen das Wetter, die zu kurzen Minuten, zu langen Wochentage, zu vielen E-Mails, aber vor allem die Lage der Nation, der Welt, mit ihm kann man wunderbar diskutieren.

»Was ist dir denn passiert?«, frage ich, wie ich ihn immer frage, doch heute lacht er nicht. Er kommt in mein Büro und schließt viel zu vorsichtig die Tür.

»Geht es dir gut?«, fragt er und setzt sich auf den Besucherstuhl. Interessant, dass er tatsächlich besorgt aussieht, wenn er tatsächlich besorgt ist.

»Hier wissen es alle«, sagt er und lehnt sich über meinen Schreibtisch zu mir vor, die Unterarme stützen ihn ab, seine blaugrauen Augen sehen mich an.

»Was wissen alle?«, frage ich.

»Das mit deiner Frau«, sagt er.

»Woher wissen das alle? Und wer überhaupt sind ›alle‹?« Und warum regt mich das sofort so sehr auf?, frage ich nur mich.

»Ach, Kay, wir haben alle einen Fernseher und fast alle wissen, wie deine Frau aussieht, und wenn du in deinem Büro Stühle schmeißt und einen ganzen Tag in der Uni fehlst, dann zählt man halt eins und eins zusammen. Wie geht es dir?«, fragt er wieder und sitzt auf dem geschmissenen Besucherstuhl.

Und jetzt heule ich, plötzlich, mit dem Kopf auf den Armen auf dem Tisch und heule, und dann entschuldige ich mich und schniefe, er reicht mir ein Taschentuch, was ist nur los.

»Hier«, sagt Andreas und stellt eine Flasche Bier aus seiner Umhängetasche vor mich hin. »Ist zwar erst Mittag, aber das entspannt. Du brauchst Entspannung. Arbeiten kannst du Stühle schmeißend eh heute nicht.« Er lacht. »Na komm, das machen wir hier in Deutschland so, das ist doch sowieso dein Lieblingssatz: ›Das machen wir hier in Deutschland so‹, das lenkt ab und hebt die Stimmung.« Besorgt sieht er aber immer noch aus. Hält selbst auch eine Flasche in der Hand und lauscht dem Zischen beim Öffnen. Das Gefühl, etwas Verbotenes getan zu haben, ist sowieso schon da, also greife ich zu der Flasche und sehe meinen Kollegen an. Das besorgte Gesicht, tief gefurcht, am Hals rote Flecken, um die Augen bläulich schimmernde Schatten. Er lächelt, als er seine Flasche zum Anstoßen erhebt, ich habe schon sehr lange kein Bier mehr getrunken. Wir stoßen an, er lacht, ich lache, ich spüre die Kohlensäure in meinem Hals, die Wärme im Bauch und kurz danach auch im Kopf und habe vergessen, dass mir nach Heulen ist.

»Das solltest du öfter mal machen, Kay. Ein Bierchen mit Kollegen, du bist immerzu bei der Arbeit. Viel zu verkniffen. Das Leben ist doch nicht nur Arbeit. Lass uns in eine Bar gehen heute Abend. Oder ist deine Frau dann allein? Bringst du sie mit?«, sagt er und lehnt sich in meinem Besucherstuhl zurück, sieht plötzlich nicht mehr besorgt aus, irgendwie ruhig, innerlich ruhig, und nimmt einen zweiten großen Schluck aus der Flasche.

»Sie ist nicht zu Hause, sie ist im, also sie wird nicht allein sein. Ja, lass uns ausgehen, Andreas. Du hast recht«, sage ich und frage mich, ob auch ich diesen Ausdruck auf meinem Gesicht erreichen kann, diese innere Ruhe, die ich einst hatte, vor ein paar Tagen noch hatte, wenigstens für einen Abend.

»Top«, sagt er, langt mit seinem langen Arm über meinen Schreibtisch und klopft aufmunternd gegen meine Schulter. Nur in Deutschland sind Kumpelgesten derart distanziert, nur hier kann man jemanden mit ausreichend Abstand berühren. Und er steht auf und sagt: »Dann um acht Uhr, hier an der Schranke, ich warte auf dich!«, und er nimmt sein Bier und seine Umhängetasche, die er immer bei sich trägt, und verlässt gut gekleidet, im Anzug wie immer, mein Büro und wird auf mich warten, das steht fest.

6

WENN DU DICH TRAUST, ZU VERTRAUEN

Valentina

Wenn du dich traust, zu vertrauen, wirst du missbraucht. Das lernte ich schon von klein an, doch ich lernte nicht daraus. Heute sah ich meiner Mutter beim Kofferpacken zu, am Abend vor unserem Urlaub, sah ihre fließenden Bewegungen, das Hin und Her zwischen Schrank und Bett, auf dem der Koffer lag. Ihre kinnlangen, welligen Haare lagen strähnig um ihren Kopf, eine Locke hing ihr im Mundwinkel. Sie tat nichts dagegen, schien darauf herumzukauen, während sie die Wäschestücke im nur ihr bekannten System in den Koffer puzzelte. Sie war ruhig und gut gelaunt, wenn sie das tat, sie ließ es zu, dass ich ihr zuschaute, bei ihr war. Schickte mich nicht weg, obwohl ich, wie sie sagte, mit meinen zehn Jahren meine Sachen ja wohl selbst packen könnte, statt hier herumzustehen. Um es dann doch selbst zu tun, weil ihr meine Art nicht passte, ich ihr System nicht kannte. Sie schüttete dann alles wieder aus dem Koffer mit dem abgerissenen Griff auf den Boden, schob die Kleidung mit dem Fuß zusammen und ließ mir exakt vier Minuten, alles erneut zu falten und aufs Bett zu stapeln, T-Shirt auf T-Shirt, Hose auf Hose, bevor sie zurück in mein Zimmer kam. Mich »faulen Nichtsnutz« nannte und die gefaltete Kleidung wieder auseinanderschüttelte, neu zusammenlegte und selbst packte.

Dieses Spiel hatten wir noch vor uns, noch war sie gut gelaunt, also setzte ich mit leiser Stimme an: »Mama?«

»Sprich schon, Val«, sagte sie in leicht genervtem Singsang, diese unterschwellige Ablehnung, die in all ihren Worten an mich mitzuschwingen schien. Der Ton in ihrer Stimme schwang zwischen den sonnengelb gestrichenen Wänden des Schlafzimmers umher, die weißen Möbel reflektierten ihn, warfen ihn hin und her, den Ton, bis er, irgendwann, durch den Spalt des angekippten Fensters verschwand.

Natürlich verließ mich nicht nur aus diesem Grund sofort der Mut, sackte in meinen Bauch und wurde ein Krampf. Meine Zunge fühlte sich schwer an, viel zu dick für meinen Mund, ich würde nur stammeln können, würde kein einziges verständliches Wort von mir geben. Doch ich hatte das Gefühl, ich würde platzen, würde ich diesen Moment nicht nutzen, diese kurze Ruhe, in der sie mich neben sich ertrug, in die hinein ich meine Ängste schicken konnte. Irgendwann sprach ich einfach in den Raum hinein, ohne sie anzusehen, starrte auf das Bild einer Sonnenblume an der Wand gegenüber, auf den grünen Rahmen, das exakt gleiche Grün wie das der Blätter der Blume, und hörte mich sagen: »Weißt du, was Papa macht, wenn du morgens nicht mehr mit im Bett bist?« Ich atme tief ein, als würde ich ersticken, schnappe nach Luft.

Sie schaut mich nicht an, nimmt nichts wahr von meinem Kampf, zuckt nur kurz, unmerklich. Vielleicht doch nur eingebildet? Ihr blonder Kopf bewegt sich weiter, jetzt auf und ab, weil sie die Kleidung in den Koffer drückt und die Matratze federt.

»Was soll er dann schon tun?«, sagt sie ganz ruhig, beiläufig. »Er ist doch dein Vater, er kuschelt mit dir, denke ich. Was soll das denn, Kind, du siehst doch, ich hab zu tun.«

Jetzt gibt's kein Zurück, denke ich, die Finger liegen gefaltet in meinem Schoß, dicht aneinandergedrängt schneiden sie sich gegenseitig die Blutzufuhr ab, werden erst weiß, dann taub. Ich atme tief und langsam auf der Suche nach Wörtern.

»Ja, er kuschelt sonntags immer mit mir. Und manchmal auch nachts. Da kommt er zu mir ins Zimmer. Das weißt du doch?«

»Ja, und?«, fragt sie und versucht so verzweifelt, gleichgültig zu klingen, dass mich das beinahe trauriger macht als meine eigenen Worte. Sie tut mir leid, ich weiß nicht warum. Ihr demonstratives Desinteresse sieht aus wie Hilflosigkeit, ich kenne Hilflosigkeit, ich will nicht, dass meine eigene Mutter sich so fühlt, sich irgendwer so fühlt, lieber fühle ich mich für den Rest meines Lebens weiter so, als zu wissen, ich bin schuld an ihrer Hilflosigkeit. Ich sehe sie an, wie sie packt und auf die Kleidung starrt und wünsche mir nichts mehr, als dass all dies eine normale Familiensituation wäre. Ich habe es in der Hand, denke ich, ich bin hier die, die diese normale Familie bedroht, ich sollte mich schämen, zu fühlen, was ich jetzt sagen werde:

»Ich mag das nicht. Wie er kuschelt. Und – so.« Presse ich hervor, es ist kein Sprechen, kein Reden, sondern ein Pressen, ein Schieben und Hervorzwängen von Worten. Ich wünschte, ich hätte sie nie gesprochen, ich wünschte, ich könnte einfach schön finden, wie mein Vater mit mir kuschelt. Und ich weiß, ich finde es schön, ein Teil von mir, und dieser Teil wünscht sich Liebe und sagt dem Rest von mir, er möge kämpfen gegen diese Gefühle, den Ekel, den Schmerz, die Angst, die Scham, den Schrecken. Doch meine Kraft ist zu Ende. Alle Energie, die ich in den letzten Wochen für diesen Moment gesammelt hatte, ist mit diesen Wörtern aus mir gewichen. Ich sacke zusammen. Fühle ihren Blick auf mir. Nur kurz, viel zu kurz. Ihre Antwort kommt prompt:

»Ich finde es wirklich unmöglich, was du da gerade machst, Valentina. Wir freuen uns alle auf unseren lange verdienten Urlaub morgen. Ewig haben wir darauf gespart! Und du versuchst das jetzt mit irgendwelchen Geschichten kaputtzumachen? Welche deiner komischen Freundinnen hat dir denn eingeredet, dass es uncool ist, mit elf Jahren noch mit seinem Vater zu kuscheln, hm?« Hilflose Wut.

»Das ist keine ... ich hab keine ...«

»Überleg doch mal, wie traurig Papa wäre, wenn er das wüsste! Der sich immer für uns abgerackert hat. Und du willst nicht mal mit ihm kuscheln. Und unseren Urlaub kaputtmachen.«

Sie knallt den Koffer zu. Das dumpfe Geräusch von Stoff auf Stoff passt nicht zum Schwung ihres Arms.

»Das machst du doch immer. Immer, wenn du siehst, dass ich gut drauf bin, kommst du mit irgendeiner Lüge daher. Du kannst es nicht sehen, wenn ich mal fröhlich bin, was? Eine schöne Tochter bist du. Sei bloß froh, dass ich Papa davon nichts sagen werde. Der wäre vielleicht erst mal enttäuscht, wenn er wüsste, dass seine Tochter ihn nicht liebt«, sagt sie viel zu laut, als wolle sie, dass alle es hören, alle in diesem Haus, niemand sonst, niemals irgendjemand sonst, aber alle in diesem Haus. Und ich schäme mich. Dass ich alles kaputtgemacht habe. Dass ich meinen Vater nicht liebe. Seine Liebe nicht mehr ertragen kann. Ich bin eine Verräterin. Ich bin schuld an allem Schlechten in dieser Familie. Ich hasse die Träne, die mir über die Wange läuft, und hoffe so sehr, dass meine Mutter sie nicht sieht, ich schniefe ganz leise.

Wenn du dich traust, zu vertrauen, und denkst, da ist ein Ohr, eine helfende Hand, eine Schulter, irgendwas, das diesem Gefühl ein Ende machen kann, wirst du missbraucht. Und immer, ja wirklich immer, wenn dieser Kloß in meinem Hals steckt, dieser Wunsch, dieses Gefühl ohne Namen, dann spielt mein Magen verrückt, zieht er sich zusammen, presst hervor, was ich vor kurzem hinuntergepresst hatte, weil Mama sagte, wir müssen was essen, sonst bleiben wir hier. Und nun sitze ich im Auto, auf dem Weg zum Flughafen, spüre das Brötchen vom Morgen die falsche Richtung nehmen, spüre, wie es meine Speiseröhre hinaufgezwängt wird, und reagiere zu spät. Kurble am

Fenster herum, will lieber bei voller Fahrt den Kopf hinausstrecken und ihn vielleicht abgefahren bekommen, wie Mama sagt, was passiert, wenn man das tut, statt auf mein schönstes Kleid zu brechen, das ich extra angezogen habe. Extra für den Start in den Urlaub, als Zeichen, dass ich nichts mehr kaputtmachen würde, mache ich nun doch wieder alles kaputt und sehe wie von oben auf mich herab, wie die halbverdauten Brötchenstücke eingehüllt von Galle und Tränen auf mein Kleid fließen, von innen die Fensterscheibe hinab, an der Verkleidung des Autos entlang in den Zwischenraum von Tür und Sitzbank. Meine Schwestern fangen an, sich die Nasen zuzuhalten, selbst zu würgen, meine Mutter schreit irgendwas: »Was soll der Scheiß, was machst du da, hör auf damit«, irgend sowas. Und mein Vater hält nicht an, fährt nirgends rechts ran, sagt nichts außer: »Ruhe im Auto.«

Zwanzig Minuten bleibe ich in meiner Kotze sitzen, alle Fenster offen, »Selbst schuld« im Ohr, lässt der Fahrtwind die nassen Stellen eiskalt werden. Erst als wir am Flughafen ankommen, lässt meine Mutter mich aussteigen. »Zieh das mal aus«, sagt sie, während wir neben dem Taxistand die Koffer aus dem Auto laden.

»Kann ich nicht reingehen? Da drinnen ist sicher ein Klo irgendwo«, sage ich leise mit zittriger Stimme. Haarsträhnen kleben im an meinen Wangen festgetrockneten Erbrochenen und ziehen bei jedem Wort leicht an meiner Kopfhaut. Ich spüre die Blicke, viel zu viele Blicke, Hunderte Blicke, traurige, mitleidige, verwunderte, belustigte Blicke, aber vor allem den meines Vaters, der hinterm Steuer sitzt und wartet, dass er das Auto ins Parkhaus fahren kann.

»Nun mach mal schneller«, sagt meine Mutter und fängt an, an meinem Kleid zu ziehen, versucht, es mir über den Kopf zu ziehen. »Hab dich jetzt nicht so, wir müssen gleich einchecken. Wer sich auf die Klamotten kotzen kann, kann sie dann auch ausziehen.« Sie lässt mich los, stemmt die

Hände in die Hüften und steht da, sieht mich an. Alle sehen mich an. Also ziehe ich mein Kleid aus. Rieche das Erbrochene in den Fasern. Halte den weichen Stoff zwischen meinen Fingern und vertiefe mich in eine aufgedruckte Blume, die noch sauber ist, als meine Mutter mir das Kleid aus der Hand nimmt, um damit Kotzebrocken von der Autoscheibe zu wischen. Sie reibt mit dem Stoff auf den Sitzen herum, während mir noch immer eine Spur am Mund und den Händen klebt. Mir ist kalt. Ich versuche, nicht zu sehen, dass die anderen mich sehen, Menschen, die in Taxis steigen, auf den Bus warten oder Ankommende abholen wollen, während ich im Schlüpfer mit einem kleinen Schleifchen vorn dran vor dem Eingang stehe.

»Der ist ja auch dreckig«, höre ich ihre Stimme. »Mensch Val! Was machst du bloß?«

Als wäre es meine Schuld, dass Flüssigkeit durch mehr als eine Stoffschicht sickert. Als hätte ich kotzen wollen, sie ärgern wollen, ihr doch noch den Urlaub vermiesen wollen.

»Gib her«, sagt sie, meine Schwestern sind schon reingegangen, Papa mit dem Auto zur Tiefgarage abgefahren. Nur sie und ich tragen unseren heimlichen Kampf aus, den ich nur verlieren kann. Also ziehe ich auch den Slip aus, halte mir die Hände vor den Bauch und warte, während sie umständlich in meinem Koffer nach Wechselsachen sucht, obwohl ich weiß, dass ihr System sie genau wissen lässt, wo was zu finden ist. Ich weiß, das ist ihre Strafe für mich und ihr Weg, sich selbst wieder gut zu fühlen. Denn natürlich weiß sie längst, was ich ihr gestern zu sagen versucht habe. Natürlich. Wie könnte sie nicht mitbekommen haben, dass er zu mir ins Bett kommt und nicht zu ihr, dass er eine Stunde bei mir bleibt, zurück bei ihr seltsam ruhig und zufrieden ist, ganz anders als früher.

Das wurde mir jetzt klar, während ich hier stand und zusah, wie meine Mutter die eigenen Schuldgefühle auf jemand anderen abzuwälzen versuchte, um mächtig zu sein, mich für ihr Wohlbefinden missbrauchte, opferte.

Missbrauch hat viele Formen, das weiß ich genau, das spürte ich klar, als ich mit elf Jahren nackt vor dem Berliner Flughafen stand, vor all den Taxis und Passanten, und meine Mutter immer wieder sagte: »Jetzt hab dich nicht so. Dafür fliegen wir doch gleich nach Spanien!«

*

Katja

Wenn du dich traust, zu vertrauen, kannst du den entscheidenden Schritt tun. Und ich konnte ihn schon bald sogar gehen, den Schritt. Als ich mit 14 Jahren endgültig zu Merle und Sandra kam, raus aus dem Heim voller Menschen, war ich plötzlich in einem tatsächlichen Heim. Einem Zuhause, in dem es nach Zitronen duftete, in dem das Licht immer ein wenig weicher war als anderswo. In einer Drei-Zimmer-Wohnung in der Berliner Peripherie, mit Hof hinterm Haus und gepflegtem Vorgarten davor. Merle kochte mit mir, schnitt Gemüse und Gewürze, würfelte Kartoffeln und Fleisch, mischte Eier und Mehl und tat all das, einfach um mit mir zusammen zu sein.

Sandra schenkte mir Teile eines Fahrrads, zwei Räder, das Gestell, Drähte und Kabel, Bleche und Leuchten. Sie ließ mich schrauben und scheitern, klopfen und siegen und tat all das nur, um Teil meiner Welt zu sein. Ich fühlte mich wie eine Schmarotzerin, wie jemand, dem all dieses Glück nicht zustand, suchte nach Schlechtem, beschwor Probleme herauf, wo keine waren, ohne Erfolg. Sandra und Merle erscheinen mir in meiner Erinnerung makellos, auch wenn sie es natürlich nicht waren. Doch für mich waren sie perfekt, also blühte ich auf, ganz ohne Alkohol und Zigaretten und andere Kinder in Parks. Ich durfte sein. Einfach sein. Auch mal scheitern. Fehler haben. Sein. Wie ich war. Sie hörten mir zu. Stundenlang. Und so fand ich bald das Vertrauen, dass der Weg, den sie mir vorschlugen, der richtige war, sein könnte, also vielleicht. Der Weg in eine Entzugsklinik. Der Weg in den Berliner Osten, auf das weitläufige Klinikgelände mit Spezialabteilung. In der ich wieder weg von ihnen, wieder allein und wieder vollkommen anders als alle anderen war.

Jeden Tag kam Merle mich besuchen, brachte mir eines ihrer Bücher, die ich verschlang. An diesem ersten Tag, als Merle mich mit einem Buch in der Hand, in guten Händen wissend, zurückließ, rettete ich mich durch andere Welten. Wurde zur Zauberin, wenn ich Harry Potter las, zum mutigen Teil einer Kinderbande zwischen den Seiten von *ES* oder eine clevere Ermittlerin mit TKKG. In Büchern konnte ich alles sein, stark sein, jemand anderes sein. Jemand ohne Probleme, ohne Suchtdruck, nur mit Verlangen nach Gutem, Gerechtem. Und weil Merle weiter jeden Tag kam, war sie für mich immer noch da, immer noch Teil meiner Welt in der Welt. Drei ganze Monate ging das so, blieb ich hier, hielt ich aus und öffnete mich. Drei ganze Monate, kein Tag davon ohne Merle. Keiner ohne ein Buch. Ich liebte ihre fuchsroten Locken, die waldgrüne Jacke, ihre elfenbeinfarbene Haut. Die Sommersprossen im Sommer, die roten Finger im Winter. Ich liebte die Wärme ihrer Augen, das Gefühl, das ihr Lächeln in mir auslöste. Ich liebte sie wie eine Mutter, bis zum letzten Tag in der Klinik. Da kam sie nicht mehr. Kein Buch, keine Umarmung, keine Merle. Stattdessen zwei Menschen, ganz ohne fuchsrote Locken oder waldgrüne Jacken. Stattdessen ein Lächeln, zwei Lächeln aus Gesichtern, die ich schon kannte, denn diese freudigen Neu-Eltern-Augen leuchten alle gleich. Er und Sie, so standen sie vor mir, ihre Hände auf die leicht gebeugten Knie gestemmt, um mit dem Gesicht auf meiner Höhe zu sein und »Hey, Katja Kind« zu sagen. Ein Mann und eine Frau, die sicher irgendwelche Namen haben, was mir aber scheißegal war. Sie hießen nicht Merle und auch nicht Sandra. Neben ihnen stand ein Mann in Jeans und rotem Hemd, mit Klemmbrett und Kuli. Sein

Mund formte Worte, das konnte ich sehen, ich brauchte die Töne nicht zu hören um zu wissen, was diese Lippenbewegungen formten. Adoptiveltern. Nehmen dich mit. Eine Entführung!, dachte ich.

»Wo ist Merle?«, fragte ich und suchte hinter der Tür, hinter den Fenstern, hinter diesen Menschen nach den fuchsroten Locken oder den kastanienbraunen Wellen von Sandra.

»Das sind deine neuen Adoptiveltern«, sagte der Mann im roten Hemd und lächelte mich an. Er sprach langsam und deutlich, als glaubte er, ich könnte ihn sonst nicht verstehen. »Sie werden dich adoptieren. Ist das nicht prima?« Seine Stimme klang fröhlicher als sein Gesicht aussah, während er irgendetwas auf dem Blatt vor sich zu lesen schien. »Beate und Mark. Sie haben schon zwei eigene Kinder. Ist das nicht prima? Jetzt wirst du Geschwister haben. Prima, oder?«, sagte er und schien selbst nicht dran zu glauben.

»Sie werden deine Entlassungspapiere unterzeichnen und dann könnt ihr nach Hause gehen. Ist das nicht prima?«, beendete er seinen Vortrag, klemmte den Kuli am Klemmbrett fest und sah mich an.

»Nach Hause? Mein Zuhause ist bei Sandra und Merle. Da will ich hin. Die haben mich doch adoptiert«, sagte ich viel zu laut und ohne fragende Intonation.

»Zwei unverheiratete Frauen können niemanden adoptieren, mein Kind. So will es das Gesetz und wir auch«, sagte er, strich mir über den Kopf, richtete sich auf und reichte Beate und Mark das Klemmbrett.

Damit war er verschwunden, Auftrag ausgeführt, Kind verkauft und tschüs.

Wenn du dich traust, zu vertrauen, gehst du manchmal einen Schritt zu weit und wirst verkauft. Und siehst die Menschen, die dich lieben, nie mehr, weil ein Gesetz das sagt, egal, was du fühlst.

*

Kay

Wenn du dich traust, zu vertrauen, kannst du fallen, ohne aufzuschlagen. Du kannst sagen, was du meinst sagen zu müssen, äußern, was du glaubst und fühlst, und kannst wachsen. Wenn du dich traust, auf dich selbst zu vertrauen, kannst du sicher sein, du wirst dich nie verraten, und weißt, du kannst alles sein, warum auch nicht?

Ich saß im Hof unter dem Mangobaum und erledigte meine Hausaufgaben, mit dem Heft auf den Knien, der Sonne im Nacken. Meine Mutter, die selbst nicht lesen konnte, ließ sich von mir alle Aufgaben erklären, meinen Lösungsweg, und schien fasziniert. Ich zeigte ihr die Zahlen, die Berechnungen, die Wörter und Sätze, sie gab mir das Gefühl, all das wäre unheimlich wichtig. Ich wollte so viele Sätze wie möglich kennen, in so vielen Sprachen, wie du es dir nicht im Traum vorstellen könntest, und las Astrid Lindgrens Pippi Langstrumpf, das ich in der Schulbibliothek geklaut hatte, erst auf Französisch, dann auf Deutsch, Schwedisch und Englisch. Ich übersetzte es so, wie ich es für richtig hielt, in die Muttersprache meiner Mutter und las ihr die Abenteuer vor, machte sie mit dem verrückten Leben des rothaarigen Mädchens bekannt und wir lachten zusammen und lasen zusammen und sie sagte: »Diese Pippi, die ist genau wie du, Kay.« Und ich vertraute darauf, dass auch ich eines Tages so stark sein würde, so frei sein würde, so klug sein würde, so frech sein würde, so vorlaut sein würde, und empfand all das als Glück.

Wenn ich all die Wörter in mich aufnehmen konnte, mir die Welt durch Sprache erschließen konnte, wusste ich, die Welt war längst nicht so fern wie gedacht. Sie lag gleich hier, zwischen den Zeilen, man musste sie nur verstehen, die Wörter kennen. Also sammelte ich Wörter, alle, die ich finden konnte, und hielt sie ganz fest in mir. Erschloss mir die Welt, drängte in sie hinein, denn das stand mir zu, darauf vertraute ich. Ich unter meinem Mangobaum, mit all meinem Wissen im Kopf, meinen Wünschen und Träumen und dem einzigen Stift in den Fingern, den ich besaß. Da gab es keinen Zweifel für mich. Die Welt stand mir offen, die Worte gehörten mir, alle alle alle, und so vertraute ich meiner Mutter, weil sie mich liebte, und vertraute mir selbst, weil ich mich liebte, und sammelte Wörter und hielt sie fest, unter dem Mangobaum. Und irgendwann kamen drei Männer zu uns auf den Hof, mit Anzughosen, und ich erschrak so fürchterlich, dass ich mit Wörtern um mich warf, in der Hoffnung, sie würden mich beschützen. Wörter in allen Sprachen flogen durch die Luft, bis meine Schwestern ihre Arme um mich legten und mich wortlos beruhigten. Die Anzughosenmänner lächelten, sahen mich an, es war klar, sie waren wegen mir gekommen, ich sah mich selbst aus ihrem Rucksack auf die Müllkippe fallen und zitterte stumm vor mich hin. Doch sie hatten keinen Rucksack dabei. Sie hatten Ausweise dabei. Und einen IQ-Test. Und ein mögliches Stipendium in Europa. Und ich verstand all diese Worte und erklärte sie meiner Mutter, und jetzt zitterte sie und weinte und jetzt beruhigten meine Schwestern sie, während ich unter dem Mangobaum einen IQ-Test ausfüllte, mit dem der Verein Mensa auch in vermeintlich abgelegenen Regionen der Welt die klügsten Köpfe finden will und in mir fand. Und ich merkte mir jedes Wort, das auf dem Testbogen geschrieben stand.

7

MÖGLICHE WELTEN

Wie wäre Katja heute, wenn sie ihrer Familie nicht genommen worden wäre? Das fragte ich mich pausenlos, seit Andreas gegangen war, während ich an meinem Schreibtisch im Universitätsgebäude saß und eigentlich meinte: Hätten wir uns dann überhaupt kennengelernt? War es vielleicht gut (für mich), dass ihr Leben so verlaufen war, und war das nicht recht egoistisch? Alles, was wir sind, verdanken wir doch dem, was war, und Katja ist großartig, für mich. Viel stärker als ich, als irgendwer, als die meisten Menschen zusammen, denn sie ist noch da, sie hat all das bewältigt, ist noch da, am Leben, aber am Leben sein muss nicht auch leben heißen, und für wen ist Katja eigentlich noch da? Habe ich sie das je gefragt? Gebe ich ihr das Gefühl, sie muss hierbleiben, meinetwegen, weil ich außer Arbeit und ihr nichts habe, weil ich immer gern direkt zu ihr nach Hause gehe, nicht ausgehe, weil sich mein Leben um sie dreht?

Die Sonne stand jetzt hinter meinem Büro hoch am Himmel und schien durch die Fensterscheibe, der Schatten des Mittelbalkens legte sich über meinen Computerbildschirm. Ich musste in mein Seminar, stand auf, fühlte noch immer die Wärme des Bieres, jetzt vor allem im Kopf, ging trotzdem hin, sah in junge Gesichter, die Phonetik wohl alle nicht als ihren Lieblingsbereich bezeichnen würden und trotzdem zuhörten. Warum auch, die Laute und Töne von Sprache verlieren mit der Zunahme an schriftlichem Text doch ihre Bedeutung, wir texten uns nur noch und reden nicht mehr. Die einzigen Töne, die wir hören wollen, sind Tastentöne, mich nerven sie, diese kurzen Töne, das Klappern in die Stille hinein, ohne Rhythmus, ohne erkennbaren Sinn. Wie schön waren dagegen die Töne, die wir zu Worten zusammensetzten, fließend, melodisch, hart und weich, klickend und klingend – niemand hat mehr einen Sinn für diese Ästhetik.

Über all das dachte ich nach, während die Studierenden nun ihre Taschen packten, die Notebooks zuklappten, mit denen sie eigentlich nur bei Twitter rumhingen und vermutlich nicht eines meiner Worte in irgendein Dokument getippt hatten. Höchstens in einen Tweet. Mohrenkopf heute wieder voll am Labern, Hashtag #lameKS, ich sollte den nicht mehr verfolgen. Diese Menschen, die Ablehnung als cool empfanden, Dagegensein als Lebensprinzip, sich für etwas entschieden, ein Studium, einen Partner, ein Buch, eine Band, ein Café, ein was auch immer, nur um dann daran herumzukritisieren, als sei es etwas Negatives, sich für etwas entschieden zu haben. Statt zur Entscheidung zu stehen, die anders sein kann als die von anderen, kann der Mensch sie ja wenigstens missbilligen, um zu verdeutlichen, es ginge eigentlich ja auch besser, viel besser, eigentlich sind wir alle nur die schlechteste Version unserer selbst und könnten besser sein, hingen wir nicht in diesem langweiligen Seminar, beim falschen Partner, im uncoolen Café mit einem langweiligen Buch, dann wären wir besser, ganz klar. Und wir ruhen uns aus, auf der Redseligkeit über bessere Versionen unserer Selbst, die das Handeln ersetzt. Was könnte, was würde, was sollte, was ist, was darf sein, aber vor allem: Was ist sonst noch möglich? Wir wollen schließlich alles, was möglich ist. Alles. Immer das ganze Paket, 100 %, das steht uns zu, was wir haben, ist lange nicht genug, und das zeigen wir auch und missbilligen es.

Diese Menschen in meinen Seminaren sind nur wenig jünger als ich, und doch fühle ich mich meilenweit von ihnen entfernt. Erst jetzt, als die letzte Studentin, die sich noch in Ruhe im Sitzen die Zigarette zu Ende gedreht hatte, gegangen war, atmete ich aus, viel zu laut, roch viel zu deutlich einen Bieratem und dachte wieder an Katja. Und beschloss, ihr zu zeigen, was sie sicher wusste. Dass ich sie liebte. In meinem Leben wollte. Sie nicht missbilligte. Ja, brauchte. Oder besser: wollte. Ich wollte sie wissen lassen, dass es so war, durch Taten. Durch mich, durch mein Tun, mein Lächeln. Nicht dadurch, dass ich mich trinkend mit einem Kollegen von ihrem Leid ablenkte. Also schob ich mein Zeug in meine Tasche, schraubte den Kaffeebecher zu, denn ja, ich trank jetzt Kaffee, wahrscheinlich, um Katja nah sein zu können, was unser Unterbewusstsein halt so mit uns macht, und machte mich statt auf den Weg in mein Büro auf den Weg zum Zug. Jeden Tag ein Besuch, das nahm ich mir vor, zusammen ertrug sich vieles leichter, oder überhaupt, ganz sicher.

*

An diesem Nachmittag hat sich meine Mutter zu Besuch angekündigt. Sie will mit den Mädels spielen und mit mir reden, ich vermute blanken Voyeurismus, denn Interesse kann es nicht sein. Eingeladen habe ich sie dennoch, ihr Kommen ist für mich immer ein Grund durchzuwischen und Ordnung zu machen. An diesem Montagmorgen jedoch sitze ich mit Kopfschmerzen, ach was, Körperschmerzen, zwischen meinen Kindern, sie drücken sich an mich und ich spüre das Fieber in Nele aufsteigen. Durch den Schleier des sich verziehenden Alkohols fühle ich die Hitze und verdränge den Ärger, der sich augenblicklich in mir ausbreitet. Sehe in ihre glasigen Augen. Die vom Schlaf noch verwuschelten Haare, kleine Schweißperlen auf der Stirn. Ich bin wütend, innerlich, mein Kind hat Fieber, das macht mich wütend, ich weiß nicht warum, wo kommt sie her, die Wut, was will sie von mir?

»Wir fahren gleich zum Arzt, Schatz«, sage ich und streiche ihr über den Kopf, mit dem sie leicht nickt. »Aber erst versuchen wir mal, ob du noch etwas essen möchtest, okay?«

»Okay«, sagt sie und lächelt mich an. »Gummibärchen?«

»Na, lass es uns mal erst mit Brot versuchen.«

»Ich will auch Gummibärchen!«, schaltet sich Lene ein.

Mit beiden Töchtern in der Küche, die eine links auf der Arbeitsplatte, die andere rechts, beide schütteln die Köpfe, als ich noch mehr Brot anbiete, trotzdem koche ich nochmal Tee, für den Weg, wische angetrocknete Marmelade von Mündern und Tee vom Boden, diskutiere, warum Gummibärchen kein Frühstück sind. Ich wische, schmiere und putze, kriege nichts davon mit, eins zwei drei in meinem Kopf, ich zähle. Irgendwann sind beide angezogen, wollen nicht laufen, also tragen. Eine im Buggy, die andere auf den Schultern, ich auch ich auch! Und tauschen.

Jeden Morgen, wenn ich aus dem Kindergarten komme, bin ich das erste Mal am Tag erschöpft, an meine Grenzen gestoßen. Heute schiebe ich den Buggy mit der fiebernden Nele vor mir her zum Kinderarzt, sie summt leise vor sich hin, pult an ihrem Brötchen herum und füttert die Vögel hinter uns. Die frische Luft lässt mich die Schmerzen im Kopf kurz vergessen, doch der Weg ist nicht weit. »Wir sind da, mein Schatz«, sage ich und zwänge mich mit Nele auf dem Arm in die überfüllte Praxis. Husten und Keuchen, Niesen und Schnauben, ich zähle im Geiste bis drei, eins zwei drei, es hilft alles nichts. Ich ziehe das Tuch um meinen Hals ein wenig fester, mein Kopf pocht, mein Gesicht lächelt. Nele sitzt zwischen meinen Beinen auf dem Boden und blättert ein Buch durch, immer wieder von vorn nach hinten, und kommentiert an verschiedenen Stellen, was sie meint zu sehen. Ich denke gerade, ich muss ihr die Hände waschen, als wir endlich aufgerufen werden. Als ich aus dem Stuhl aufstehe, fühle ich mich, als wären meine Augen rot wie das Licht einer Kontrollleuchte, und wundere mich, warum die Ärztin vollkommen normal mit mir spricht. Sieht sie denn nicht, was letzte Nacht war? Meine Frisur ist durcheinander, ungeschminkt bin ich auch, warum nur ist meine Fassade mittlerweile so perfekt, dass niemand mehr sieht, dass ich eigentlich ein furchtbarer Mensch bin? Warum gibt die Ärztin nicht mir die Schuld am Fieber meiner Tochter, meinem Verhalten, meinen Abgründen, so wie ich selbst es tue?

»Scheint nur ein Infekt zu sein«, sagt sie stattdessen ruhig mit Blick in die Ohren meiner Tochter. »Der Rachen ist leicht gerötet, aber die Ohren sind okay«, ein freundliches Lächeln.

Es geht um meinen Kopf!, will ich sagen und lächle zurück. Streiche mir mit der Hand über den Kopf, die Haare glatt, viel zu fest, als könnte ich mir die Unruhe aus dem Schädel quetschen, wenn ich nur fest genug streiche.

»Heute bleibt sie auf jeden Fall zu Hause, morgen am besten auch. Je nachdem, wie sie sich fühlt. Okay? Wenn das Fieber wiederkommt, dann übermorgen auch«, sagt sie freundlich und tippt etwas in ihren Computer. Die mit irgendeiner Folie bespannte Tastatur gibt knisternde Laute von sich, der Lüfter des Rechners summt, ich habe das Gefühl, ganz bald an der Kakophonie der leisesten Geräusche der Welt zu sterben.

»Danke. Ja«, sage ich und erhebe mich aus dem schwarzen Stuhl aus Hartplastikschalen. Nele ist durch den Raum gelaufen und sitzt nun auf dem Schaukelpferd, blonde Strähnen haben sich aus dem Zopf gelöst, sie grinst, während die Ärztin tippt. Warum merkt keiner, wie es dröhnt in meinem Kopf? Warum kann ich nicht sagen: Kann mir wer helfen, bitte? Mir geht es nicht gut. Gar nicht. Warum lächle ich bloß? Warum interessiert es eigentlich niemanden, dass ich schon den vierten Tag dieses verdammte gelbe Kleid mit den blöden blauen Blumen drauf trage? Dazu das Tuch. Mit langsam abblätterndem Nagellack auf Fingern und Zehen. Warum geht die Welt nicht unter, obwohl ich seit drei Tagen dasselbe Kleid trage, ist am Ende dem Universum vielleicht doch einfach alles egal?

Auf dem Weg nach Hause halte ich mich an der Hand meiner Tochter fest, das Husten und Niesen der anderen Kinder hallt in meinem Kopf, Nele plappert vor sich hin, ich höre »Guck mal!« und gucke, »Ja, Mama?«. »Ja, mein Schatz.«

Ich schaue sie an und bin fasziniert von so viel Ungezwungenheit, positiver Schamlosigkeit und dem Mut, auf offener Straße zu singen. Ich liebe ihre Energie, ihr Hüpfen und Rennen, ihre Fröhlichkeit über alles und immer, ihren Entdeckergeist, das Wundern und Staunen über Banalitäten der Welt. Einen Vogel im Wind, eine Pfütze am Boden, das tanzende Blatt, die glitzernde Sonne. So viel Faszinierendes bietet die Welt, wir hetzen vorbei und ziehen unsere Kinder mit.

»Mama muss jetzt ein wenig aufräumen, Nele Schatz«, sage ich, als wir zurück in unserem Haus sind. Ich stehe im Badezimmer, wasche die Hände mit desinfizierender Seife, zwischen den Fingern, so lange, bis die Haut rötlich schimmert, reißt und brennt. Erst das Brennen ist das Ende und ich höre Nele: »Warum?«

Genau, warum?

»Weil uns Oma gleich besuchen kommt und da soll es ordentlich sein«, antworte ich, wie ich immer antworte, drehe den Wasserhahn zu. Einmal drehen, zweimal drehen, dreimal drehen, noch immer fließt Wasser. Ich halte die Luft an, drehe drei Mal wieder auf, nicht ganz so weit, lasse die Luft durch die Nase entweichen, und wieder zu. Einmal, zweimal, dreimal, fast. Noch ein kleines Rinnsal fließt ins Becken, ich möchte so gern einfach weiterdrehen, stattdessen drehe ich auch jetzt dreimal wieder auf, weniger weit, ziehe die Luft ein, und dreimal zu. Einmal, zweimal, dreimal, zu. Meine Hände zittern. So gern würde ich all das lassen, stattdessen zähle ich innerlich bis drei, wickle mein Tuch erneut um den Hals und gehe aus dem Bad in den Flur, wo Nele steht und mich ansieht.

»Nur ein bisschen Ordnung«, nehme ich den Faden wieder auf und blicke in ihre Augen, in denen ich mich spiegle.

»Aber warum? Spiel doch lieber mit mir«, sagt sie, entwaffnend. Manchmal habe ich das Gefühl, meine Kinder können bei Bedarf Fieber heraufbeschwören, wenn sie dringend ihre Mutter brauchen und nicht in den Kindergarten wollen. Als sei es eine Krankheit, von der Mutter weg zu müssen, und sei es in noch so liebevolle Erzieherhände. Sie nutzen das Fieber, um zu Hause bleiben zu können. Denn nun spielt sie mit mir, baut ihre Holzeisenbahn durchs gesamte Zimmer, getreu dem Motto: Der Weg ist das Ziel. Die Eisenbahn steht und ist prompt uninteressant, jetzt wird die Puppe ausgezogen, ich soll sie wickeln und anziehen, wickeln und anziehen bis zum jüngsten Tag. Ich sitze hier und habe den Drang aufzuspringen, zu putzen und zu räumen, abzuwaschen und Hausfrau zu spielen. Mutter zu sein. Obwohl ich weiß, dass Mutter sein das ist, was ich gerade mache. Also spiele ich weiter.

»Nele Schatz, was möchtest du zum Mittag essen?«, frage ich jetzt und nehme mir vor, ganz schnell aufzuräumen, wenn sie schläft. Zack zack, niemand schaut in die Schränke, das wird schon gehen.

»Nudeln!«, natürlich. Also sitzt sie wieder auf der Arbeitsplatte, ich kippe Spiralnudeln ins heiße Wasser, weil das die einzigen sind, die Nele zu Tomatensauce isst, und drehe den Deckel der Nudelsauce auf. Rein in den Topf, warten und wieder: Wischen. Neles Mund, Neles Platz, Neles Hände, Neles Stuhl, unter Nele, neben Nele und wieder von vorn. Eine Aufziehfigur.

Und doch liegen wir irgendwann im Bett, ihre kleinen Arme um meinen Hals, nur so nehme ich das Tuch ab und streichle ihren Kopf. Das dünne blonde Haar, in dem funktionslos eine glitzernde Spange hängt. Die wichtige Spange. Der Atem wird ruhiger, ich kämpfe gegen den eigenen Schlaf, obwohl ich so endlos müde bin. Ich muss aufräumen, denke ich und versuche, mich aus dem Griff meiner Tochter zu lösen, mich aus dem Bett zu schleichen und Hausfrau zu sein. Doch die Arme halten mich fester, ich warte ab, fünf Minuten nur, ein neuer Versuch. Ich stehe schon an der Tür, da dreht sich der kleine Kopf zu mir, die Augen glasig, Fragen darin. Ich lege mich zurück zu ihr, endlich ein wenig Frieden im Kopf, und schlafe ein. Natürlich.

Geweckt vom Klopfen an der Wohnungstür: »Val, mach schon auf. Ich bin's.« Also raus aus dem Bett, Nele schläft jetzt tief, zufrieden, glücklich, sicher.

»Na endlich«, sagt nun meine Mutter. »Was hast du denn so lange gemacht?« Sie steht auf der obersten Stufe der kleinen Treppe zu unserem Haus, zupft an den welken Blüten im Topf neben sich herum, den sie uns geschenkt hat, der mir ganz egal ist, und sieht erst jetzt zu mir. Ihre schmale Gestalt ist etwas kleiner geworden als früher, doch alles andere scheint gleich, Make-up sei Dank. In ihren Ohren glitzern feine Stecker, auf den Lippen und Nägeln schimmert es rot. Ihr Shirt ist neu, wie immer ist sie auch heute angezogen, als ginge sie aus. Dabei geht sie nur zu ihrer Tochter, sieht mich von oben bis unten fragend an.

»Nele ist zu Hause, sie hatte Fieber«, sage ich, es klingt nach Rechtfertigung. Ich streiche über mein Kleid, dasselbe wie vorgestern, streiche die Blumen glatt, versuche, die welken Stellen herauszustreichen, fühle mich plötzlich unendlich schmutzig in dem Kleid, das ich trug im Moment, bevor ich erfuhr, was er getan hatte, das ich nun für immer würde tragen müssen, sonst wäre er vorbei, der letzte Moment, in dem mein Leben noch in Ordnung gewesen ist. Seit diesem Moment bricht an allen Fronten meiner Innereien die Abwehr zusammen und die Realität dringt ein, in mein Bewusstsein. Ich spüre den Blick meiner Mutter an mir vorbei durch die Wohnung streifen, hier hängen bleiben und dort, ich spüre, wie sie vor Stress, weil sie die Unordnung nicht aushält, weil sie ihr Schmerzen bereitet, weil sie auch nur die Tochter ihrer Mutter ist, weil ihr Herz anfängt zu rasen, die Hände zu Fäusten ballt und sich die Fingernägel in die Handflächen drückt, genieße den Gedanken irgendwie und lächle stumm.

»Du hättest ruhig ein wenig aufräumen können«, sagt sie und atmet hörbar ein. Versucht, ihr inneres Bedürfnis zu meinem zu machen. »Eine ordentliche Wohnung ist doch etwas so Schönes, wie bei uns früher, das war doch schön für dich, Valentina, ich verstehe dich nicht, warum du so liederlich geworden bist«, sagt sie ihren Text auf. »Und überhaupt, du siehst ja völlig durch den Wind aus. Deine Haare sind noch nicht mal ordentlich gekämmt. Also bei uns früher war doch immer alles ordentlich, auch deine Haare, Valentina, ich bin enttäuscht.«

*

Du glaubst, einen Menschen zu kennen, doch was du von ihm kennst, ist nur das, was du in ihm sehen willst. Ein Hologramm von einem Menschen. Du projizierst in ihn deine Wünsche und Gefühle, deine Ängste und Träume und wunderst dich, wenn der nicht tut, was er soll. Du glaubst, ihn verstanden zu haben, zu wissen, was der Mensch sich wünscht, wenn er sagt, er will allein sein, dann will er allein sein, doch das stimmt nicht, das ist glatt gelogen, er glaubt nur, er wolle allein sein, weil er Angst davor hat, jemandem nahe zu sein, also stößt er dich weg, du denkst zu wissen, dass er das will und gehst weg, lässt ihn allein und wunderst dich über die Tränen. Das hast du nicht kommen sehen, was?

Du meinst zu wissen, dass du nicht glauben kannst, was der andere sagt, weil er oft selbst nicht weiß, was er tatsächlich will, aber eines kannst du dir merken: Geliebt werden wollen wir alle, auch du, egal, wie oft du mir sagst, du bist gern allein.

Manchmal fühle ich mich wie in einem Film, der nur für mich gedreht wurde. In dem alle Menschen Statisten sind, um meine Story zu untermalen, meine Einsamkeit zu unterstreichen, sie sind eigentlich gar nicht da, wenn ich nicht die Bühne betrete. Ich fühle mich manchmal, als warte ich noch auf ein Drehbuch, das niemals kommen wird, was ich weiß und doch nicht glauben will. Passiv und vermeintlich hilflos sitze ich auf meinem Stuhl, warte, dass jemand kommt und mir sagt, was ich tun kann, soll und darf, doch niemand kommt und niemand weiß, dass ich das denke, und niemand ist weg, wenn ich nicht da bin, das Leben geht weiter, egal wo ich bin, Kay lebt weiter, alle leben weiter, der Film wird ohne mich gedreht, überbezahlte Statisten reißen die Hauptrollen an sich, ein Leben aus möglichen Welten, in dem ich eine unbrauchbare durchspielen musste. In der ich das Element der Täuschung perfektionieren durfte, um an ihr zugrunde zu gehen, meine vermeintliche Stärke als größter Feind.

Niemand hat gesehen, wie ich das Klinikgelände verließ, niemand fragte, wohin ich ging, ich sitze hier und warte, ob vielleicht doch wer kommt, mich sucht, mich vermisst, mich sieht, gesehen hat, sehen will, doch es bleibt still und ich friere. Ich will nicht mehr frieren, ich will nicht mehr allein sein müssen, weil ich vorgebe, allein sein zu wollen, ich will nicht mehr kämpfen, Menschen verlieren, die ich liebe, die mich verlassen, weil ich nicht da bin.

Ich kann nicht wissen, dass Kay in dem Moment, in dem ich einen nackten Fuß ins Wasser stelle, die Tür zur Klinik aufdrückt, fest entschlossen, mich zu besuchen, mir zu zeigen, wie sehr ich geliebt werde, mir zu erzählen, was es zu erzählen gibt, ich kann nicht ahnen, dass Kay merkt, dass ich weg bin, als ich den zweiten Fuß ins Wasser stelle, dass Kay unruhig wird, mich sucht, nach mir ruft, alle plötzlich unruhig sind, mich suchen, nach mir rufen, ich höre sie nicht, hier am Wasser, in das ich nun immer tiefer hineingehe. Mit Steinen vom Ufer in den Manteltaschen, dem Mantel, der sich nun immer mehr mit Wasser vollsaugt, mit dem Wissen im Herzen, die unmögliche Welt durchgespielt zu haben.

*

Katja, mein Herz, mein Leben, ich bin schuld an deinem Tod. Ich habe zu lange gezögert, ich ließ dich allein. Ich saß in meinem Büro. Ich saß im Seminarraum. Ich tat, als wäre alles, wie es eigentlich nie gewesen war, und vergaß zu sagen, es geht nicht ohne dich. Ich dachte, du wusstest das. Ich dachte, du spürtest das. Ich dachte, ich zeigte es dir. Ich dachte, du warst sicher dort. Ich dachte zu viel, statt einfach zu tun.

Katja, mein Herz, mein Leben, ich stehe am Ufer, auf dem nassen Fleck, auf dem du lagst, als sie dich wiederzubeleben versuchten, an dem du starbst, du warst nicht allein, ich bleibe für immer hier stehen. Katja, mein Herz, mein Leben, was hast du getan, wie konntest du das tun, wieso hast du nichts gesagt, wie konnte das passieren, es so weit kommen, wieso, Katja, hast du mich denn nicht geliebt, hast du nicht gespürt, wie ich dich liebe, dass ich jetzt für immer hier stehen bleiben muss, Katja?

Auf diesem Fleck, auf dem du starbst, auf dem ich neben dir hockte und sah, wie du mich noch mal sahst, wünschte, es wäre die Wahrheit. Es ist meine Schuld, ganz allein meine Schuld, dass die Feuerwehr kommen musste, die Menschen dich suchen mussten, im Wasser, weil die anderen dich vom Ufer aus sahen, wie du einfach untergegangen bist. Mit den Steinen in der Tasche, die ich nun in meiner habe, als könnte ich dich so retten. Katja, es ist meine Schuld, meine, dass der Notarzt kam und dir deine

Rippen brach, vor lauter Herzmassage, obwohl du schon tot warst, denn ich stand hier und schrie, sie sollen nicht aufhören. Es ist meine Schuld, dass deine leblosen Gliedmaßen auf die Trage gelegt wurden, du in den Rettungswagen geschoben wurdest und er dann ohne Blaulicht davonschlich, als gäbe es gar nichts mehr zu retten.

TEIL II

EIN ABSCHIEDSBRIEF AN EINE TOTE

Die Geschichte ist niemals dann zu Ende, wenn sie vorbei ist. Meist geht sie dann erst richtig los. Ich jedenfalls bin nur noch halb vorhanden, gehe jeden Moment in irgendein Wasser, nur, um dir nahe zu sein, zu fühlen, was du fühltest, in deinen letzten Minuten, ich hoffe, du hast gelitten, nein, ich habe kein »nicht« vergessen, ich wünsche dir Schmerz und Leid und Angst und Panik und Trauer und Wut, so wie ich es fühle. Ich wünsche dir, dass mein Gefühl dein Gefühl war, das ich nun fühle, an deiner statt, und du deinen Frieden hast, Katja, gleichzeitig deinen Frieden hasst, denn er ist ohne mich.

Ich wünsche dir die Pest an den Hals, dann hätte dein Tod einen Sinn, dann könnte ich ihn verstehen, fühlte ich mich nicht so schuldig, leer und von Fragen erfüllt. Ich hoffe, deine letzten Gedanken waren nicht bei mir, ich hoffe, du dachtest an ihn, als du starbst, und weiß doch, das tatest du nicht.

Katja, du Frau ohne Freude, warst meine ganze Freude, die Musik meines Lebens, der Soundtrack meines Films, kein bisschen romantisch und doch voller Liebe. Du warst mein bi, ich dein polar, du die Depression, ich die Manie, du warst der Schlaf, ich war die Hast, nun bin ich schlaflos für immer. Du kannst dir nicht denken, wie man sich fühlt, wenn die Sonne einen verlässt, im Wasser verschwindet, erlischt und durchweicht, unwiederbringlich, grußlos und kalt. Scheiße Mann, Katja, wo bleibt deine

Empathie für mich, die Menschen, die dich lieben, du bist so egoistisch, so grenzenlos egoistisch, so kenn ich dich nicht. Dieser Zettel, Katja, dieser Zettel in deinem Schrank, er macht sich lustig über mich, er verhöhnt mich und lacht.

»Du kannst einen Menschen nicht davon abhalten zu springen, wer gehen will, der geht«, das steht auf dem Zettel und noch: »Du kannst nur den Stuhl festhalten.« Wann hab ich deinen Stuhl umgeworfen, Katja, wann?

Ich schäme mich für dich, deinen Egoismus, der alles übersteigt, ich schäme mich für mich, weil ich deine Hülle mit Leben füllen wollte. Kann man einen Menschen, der gehen will, zwingen, es nicht zu tun? Ist das nicht genauso egoistisch, Katja?

Katja, du Licht, du Sonne, du mein halbes Ich, hattest all die Hilfe, die man bekommen kann, aber erst am Schluss, ganz am Ende, das war schon das Ende, wenn nicht gar darüber hinaus.

Wer gehen will, der geht. Wer sterben will, der stirbt. Ein Leben ist ein Leben ist ein Leben, nur eins. Man sollte den Stuhl nicht festhalten, das verlängert nur den Sturz.

1

Ich weiß nicht, wann ich entschieden habe, nicht mehr auf dem nassen Fleck stehen zu bleiben. Wahrscheinlich, als der Fleck nicht mehr nass und kein Fleck mehr war. Ich habe noch nie einen geliebten Menschen verloren, meine Eltern leben noch, alle, nur du jetzt nicht mehr, ich kann doch damit nicht umgehen, Katja, wie konntest du nur, wie konntest du dich einfach davonmachen. Himmel und Hölle in 30 Sekunden, das ist meine Gefühlswelt, Katja, ich hasse dich, liebe dich, betrauere dich und zeige all das nicht, das muss dieser Schock sein, von dem alle reden.

Ich sitze in meinem Büro in der Universität, keine zehn Minuten mit dem Fahrrad von dem nicht mehr nassen Fleck am Havelufer entfernt. Extra bist du nach Potsdam zurückgekommen, um dir das Leben zu nehmen. Als hättest du auf der langen Fahrt gesehen werden wollen. Warum hast du dich nicht vor einen Zug geworfen? Warum hast du dich reingesetzt? Warum hast du dich nicht von einem Hochhaus geworfen, warum bist du dran vorbeigegangen? Warum stelle ich mir diese sinnlosen Fragen? Warum bin ich sicher, dass du den Kampf doch eigentlich gar nicht verlieren wolltest?

Ich sitze in meinem Büro und weiß, ich habe versagt. Kann gar nichts mehr fühlen und bin schockiert, über mich selbst. Gefühlsarmut. Ich würde gern weinen. Ich würde mich gern ärgern. Schon vor Tagen hätte ich das gern gekonnt, aber es geht nicht mehr. Stattdessen sitze ich hier, klicke auf der Computermaus herum und sehe mich selbst vor dem geistigen Auge heulend auf der Krankenhaustreppe sitzen, weil ich dem Notarztwagen mit dem Rad hinterhergefahren bin, um nicht von dir getrennt zu sein, um dann doch nicht mehr zu dir zu dürfen und darüber zu verzweifeln. It's all in your head, in echt sehe ich an diesem Tag nach zwei Grundlagenseminaren und diesem Vorfall für Außenstehende wohl vollkommen normal aus. Ich würde mich über mich wundern, könnte ich mich sehen. Und ich sitze immer noch hier, höre Menschen draußen vor meiner Tür über den Gang laufen, sich unterhalten und lachen, ich sehe die Vögel vor meinem Fenster auf der Wiese sitzen und nach Würmern picken, ich sehe die Sonne am Himmel, ein Flugzeug, das Touristen in den Urlaub bringt, das Leben, das ohne dich weitergelebt wird, und wundere mich. Merkt denn außer mir niemand, dass eine fehlt? Warum ist die Welt nicht aus den Angeln gehoben? Warum schalten die Ampeln nicht plötzlich auf blau, warum biegen sich die Bäume nicht unter der Sonne, statt im Wind?

Ich schiebe Blätter auf meinem Schreibtisch von links nach rechts, schlage die Hausarbeit des Studenten Schneider auf und nehme wahr, dass er mit Vornamen Robert heißt. Das ist aber auch schon alles. Ich denke plötzlich an unsere Devise: Arbeit geht vor! Und muss lachen. Was bringen mir nur all diese Wörter, wenn ich sie dir nicht mehr vorlesen kann?

Neben der Maus auf dem Schreibtisch steht noch immer die leere Flasche Bier, der Rest angetrocknet am Boden, der Geruch ist noch da, hängt im Zimmer. Das ist, was noch sehr lange bleibt, der Geruch, von Bier, von dir, deiner Haut, deinen Haaren, dein Geruch. Irgendwo hängt er noch immer in der Luft, in deinem Zimmer in der Klinik, deinem Zimmer in unserer Wohnung, irgendwo wartet jemand auf dich, irgendwo wartet Andreas auf mich, niemand wird kommen, nur noch ich muss mit der Reaktion leben.

*

»Kannst du vielleicht jetzt mal das Handy weglegen, ich bin doch jetzt da, Val«, sagt meine Mutter, während sie Spielsachen vom Boden aufsammelt. Ihre dünnen Arme bewegen sich flink hin und her, die langen weißen Beine schauen aus der kurzen schwarzen Hose. Sie spricht in den Raum hinein, ohne zu sehen, was ich eigentlich tue, provozieren um des Provozierens willen.

»Du musst hier nicht aufräumen«, antworte ich, schiebe ein paar Legosteine mit dem Fuß zusammen und lasse mich auf die Couch fallen, logge mich bei Facebook ein und klicke ungesehen die Benachrichtigungen weg, scrolle kurz über die Timeline und will all das eigentlich gar nicht sehen.

»Das geht doch ganz schnell«, höre ich meine Mutter sagen. »Siehst du. Zack, weg. Siehst …«

»Ja, danke, ich seh's«, unterbreche ich sie viel zu harsch, sie hält in der Bewegung inne, dieser traurige Blick, schief gelegter Kopf mit einer Puppe in den Händen, ich fühle mich sofort schlecht.

»Gleich steht Nele auf«, fange ich an, mich zu rechtfertigen, »die macht dann auch wieder zack zack und alles Aufräumen war umsonst. Also, was willst du denn? Warum wolltest du kommen? Doch nicht etwa zum Aufräumen. Mir passt das im Moment immer nicht so gut.«

Ich drücke mir wie zum Beweis die Hand auf die Stirn, der Schmerz in den Schläfen wird wieder stärker, pulsiert in mir bis hinein in die Fingerspitzen. Ich rieche Wein um mich herum, es stinkt plötzlich so heftig nach Wein, aus allen Poren stinke ich nach Wein. »Ein Kaffee wäre zum Beispiel ganz nett«, sagt meine Mutter und geht aus dem Zimmer. Also der Gang in die Küche, wo sie sich direkt

einen Lappen nimmt, die restlichen Saucenspritzer weg-
wischt, schrubbt und putzt, alles muss man selber machen,
selbst in fremden Küchen, er muss schlimm sein, dieser
Druck im Kopf.

»Und, wie ist das jetzt passiert?«, setzt sie an und dreht
sich zu mir um. Die Hände auf die Arbeitsplatte gestützt,
lehnt sie an meinen Küchenmöbeln. Ich zähle jetzt das
Kaffeepulver in die Maschine, eins zwei drei, und schalte
sie ein.

»Was ist denn passiert?«, frage ich und ziehe die Ärmel
meiner Strickjacke über die Handgelenke.

»Na, dein Mann. Hockt im Gefängnis, oder nicht?« Also
doch.

»Da gehört er doch hin«, sage ich nur und fühle ein Zucken in meiner Muskulatur. Versuche, mich auf das Durchlaufen des Wassers in der Kaffeemaschine zu konzentrieren, zähle die Tropfen, die in die Glaskanne fallen.

»Erzähl doch mal«, sagt sie.

»Lies die Zeitung.«

»Du bist so abgebrüht. Kümmert dich das gar nicht?«
Sie kneift die Augen ein Stück zusammen. Als würde es sie
kümmern, als würde sie irgendwas kümmern.

»Ich habe hier zwei kleine Kinder, um die ich mich kümmern muss. Ich habe einfach keinen Rest übrig, mich auch
noch um ihn zu kümmern.« Schweigen. Sie streicht sich
die braunen Haare hinter die Ohren, gibt den Blick frei
auf die neuen, glitzernden Ohrstecker.

»Dass du keine Energie hast, sieht man«, sagt sie. Ich erwarte eine Handbewegung, die über das Chaos zeigt, doch
sie bleibt reglos, sieht mich nur an, dann diese Frage: »Hab
ich dich so unordentlich erzogen, Val?« Ihr Blick geht
durch die Küche, die benutzten Töpfe und Teller, das leere Saucenglas. Die traurigen Augen, die es schaffen, dass
mein Fehler zu ihrem Fehler wird und ich mich schuldig
fühle.

»Das kann man doch einfach immer gleich schnell wegräumen. Dann entsteht diese Unordnung doch gar nicht erst.« Ganz easy, ganz leicht, für sie.

»Ja, oder man bringt erst das Kind ins Bett und macht es dann in Ruhe«, sage ich und nippe an meinem Kaffee, als seien mir ihre Worte egal. »Nur Nele wollte mich eben heute nicht gehen lassen. Sie wollte kuscheln. Sie ist krank.« Übertriebenes Schulterzucken, ich sehe sie an, das erste Mal, seit wir in der Küche sind.

»Das haben wir doch früher mit euch auch nicht so gemacht. Kinder müssen eben lernen zu warten. Und dann ist es auch immer ordentlich.«

»Das weiß ich. Ich bin das Kind, das warten musste. Auf die Liebe meiner Mutter. Bis heute.«

»Und aus euch sind auch ordentliche Menschen geworden«, sagt sie und tut, als hätte es meine letzten Worte nicht gegeben. »Ordnung ist das halbe Leben, Val. Sieh dir deine Schwestern an, die sind super ordentlich und …«

»Die kompensieren anders.«

»Und die haben auch Kinder. Das Leben besteht nicht aus Kuscheln und Spielen.« Sie glaubt das wirklich. Sieht mich über den Rand ihrer Kaffeetasse an. Meine tollen Schwestern dienen ihr stets als Beweis, dass sie alles richtig gemacht hat. Diese beiden Helikoptermütter, mit den durchgestylten Kindern, die den Wald nur vom Hörensagen kennen.

»Für Kinder schon«, provoziere ich und schiebe unmotiviert den leeren Nudeltopf in Richtung Spüle.

»Die müssen frühzeitig lernen, dass es nicht so ist«, sagt meine Mutter und lächelt ihr Von-mir-kannst-du-noch-immer-Einiges-lernen-Lächeln.

»Ich weiß gar nicht, warum ich überhaupt mit dir darüber rede«, sage ich und spüre die Resignation. Wer sehen will, der sieht, wer nicht, der nicht.

»Na hör mal!«, sagt sie nun wie zur Bestätigung. »Guck dich doch an, Val. So falsch kann unsere Erziehung nicht gewesen sein, oder? Dein Vater und …«

»Bitte geh«, sage ich ruhig, es kostet meine ganze Kraft. Ich zähle bis drei, eins zwei drei, ich drücke mit den Fingern der rechten Hand auf den blauen Fleck am linken Handgelenk, drücke, spüre den Schmerz, eins zwei drei. In mir tobt ein Krieg, keiner sieht's, keiner merkt's, eins zwei drei, dein Vater, dein Vater, dein Vater und ich, dein Vater, dein Vater, dein Vater und ich, dein Vater, dein Vater, dein Vater und ich sind an mir schuld, das Triggerwort: »Bitte, geh.«

»Was?«, sagt sie nur und regt sich nicht. In der Hand den Kaffee, so sieht sie mich an, als sei ich ein Geist.

»Du sollst gehen, hab ich gesagt. Bitte geh.« Dein Vater und ich, eins zwei drei, der Vater, der Vater, der Vater und die Mutter sind an mir schuld. Die Beine zittern. Ich drücke auf den Fleck, den schmerzenden Fleck, ich muss mich spüren, was ist dieses »Ich«, der Vater, der Vater, der Vater und die Mutter sind an mir schuld. Ich schaue in meine Tasse, das milchige Braun verändert sich nicht, nichts verändert sich nur durch Starren und Klagen, durchs Weinen über das milchige Braun wird es nicht weniger braun oder weiß, solange du nicht noch mehr Milch hineingießt, endlich was tust, was änderst, deine Starre löst und gehst.

»Was du nur wieder hast«, höre ich ihre Stimme. Die immer gleichen Worte: »Du warst schon immer so, vorlaut und unordentlich. Dein Zimmer sah schon früher aus wie ein Saustall. Ein Wunder, dass sich da beim Durchgehen niemand die Beine gebrochen hat«, sagt meine Mutter und nippt am Kaffee, vollkommen ruhig ist sie, für mich ist es der Schlag mit dem Hammer auf den Kopf, immer wieder und wieder hämmern die Worte auf mich ein und plötzlich ist es ganz klar: »Ich wünschte, es wär so gewesen«, flüstere ich, obwohl ich schreie. Innerlich schreie und daran denke, wie nachts ein Monster durch mein Zimmer lief, zu mir ans Bett, zu mir ins Bett und mich fraß. Ich wünschte, dieses Monster hätte sich in meinem Zimmer alle Knochen gebrochen und wäre daran erstickt. Ich weiß plötzlich ganz sicher, dieses Monster war echt, nicht bloß ein Traum. Ich halte mich an meiner eigenen Kaffeetasse fest, sehe Bilder um Bilder durch meinen Kopf schießen, Geräusche und Sätze, kurze Fetzen und immer wieder der Wunsch: Bitte brich dir ein Bein, oder zwei. Warum rettet mich keiner? Wie komisch, dass ein einziger Satz Jahre der Verdrängungsarbeit zunichte machen kann, ein paar kleine Worte lassen dich plötzlich sehen und verstehen und daran glauben. Ohne jedes Gefühl, ohne Schmerz oder Angst, nur die Gewissheit, die blanke Tatsache, und alles ergibt einen Sinn. Deine Wünsche und Gedanken, deine Ängste und Taten sind Ausdruck des in dir eingesperrten Monsters, das immer wieder an den Gitterstäben rüttelt. Ein einziger Satz von der Frau, die all das möglich machte, bringt nun alles zum Einsturz, das Monster kriecht heraus, es ist alt geworden und grau, doch hat nichts an Schrecken verloren. Neben dir steht es, egal was du tust, wohin du auch gehst, es verfolgt dich, immer, ist da, wenn du schläfst, wenn du liebst oder lachst, schon immer gewesen. Das weiß ich jetzt sicher. Und plötzlich die Wut, der Hass, als winziges Feuer in meinem Kopf.

Der Vater, der Vater, der Vater und die Mutter sind an mir schuld.

»Bitte geh. Ich hab noch einen Termin. Der ist wichtig. Bitte«, höre ich mich sagen, erstaunlich ruhig, jetzt explodiert der Kopf, stürzt auf mich ein und schreit vor Schmerz, ich schreie vor Schmerz, drinnen, in meinem Kopf, jemand in mir schreit vor Schmerz, jemand in mir weint ganz heftig, jemand in mir hat fürchterliche Angst, jemand in mir will nicht mehr sein, jemand in mir lacht sich kaputt. Äußerlich stehe ich noch immer ganz ruhig, zittere leicht, starre in den Kaffee und wünsche mich fort, weit weg, drücke auf den Fleck, auf mein Handgelenk, bleibe da, draußen stürmt's, bei Sonnenschein, nur ich seh den Sturm, bin innerlich an einem Tag, an dem es stürmte, ein anderer

Tag, der lang schon vorbei ist, er schrie mich an, draußen stürmt's, auch heute wieder, jemand in mir weiß davon, jemand in mir wird grad angeschrien, jemand in mir ist tot, jemand in mir tanzt vor dem Spiegel zu Britney Spears. Draußen stürmt's bei Sonnenschein, wir sind drinnen, wir alle sind drinnen, und ich und meine Mutter, der Vater, der Vater, der Vater und die Mutter sind an mir schuld.

»Jetzt mach doch nicht gleich so ein Fass auf, Val. Ich wollte doch nur helfen. Schade, wenn du meine Hilfe ablehnst. Ich mein es nur gut.« Ich muss kotzen. Diese Sätze hab ich gesammelt, all die Jahre in mir gesammelt, geschluckt und unverdaut verstaut, nun rächt es sich, der Speicher ist voll und alles will raus. In Form von Worten, von Hass und von Wut, platzen sie auf, die Wunden, eitern sich wund und ich höre mich sagen: »Klar, klar, wie immer doch. Meinst es gut. Na klar. Mein Mann ist ein Vergewaltiger und du tauchst hier auf, fragst und fragst, willst aber nur helfen, ist klar. Ich habe genug, bitte geh. Und hör auf zu wischen.«

»Er ist doch nicht gleich ein Vergewaltiger«, sagt sie und lächelt, wischt weiter am Topf herum und geht nicht. »Jetzt warte doch erst mal ab, du solltest zu ihm stehen, du bist doch seine Frau. Es geht doch um deine Familie«, sagt sie völlig ruhig, meint es ernst und schlägt den letzten Nagel in den Sarg, in den ich sie wünsche.

»Im Ernst? Wirklich, Mutter? Zu ihm stehen, egal, was er getan hat? Weil die Familie das Wichtigste ist? So tun, als sei alles normal, alles gut, nichts passiert? So wie du es jahrelang getan hast? Irgendwie wundert es mich nicht, dass du das sagst. Bleib lieber mit einem Vergewaltiger zusammen, Hauptsache nach außen heile Familie, wie es innen aussieht, interessiert dich nicht! Verleugnen, verstecken, das kannst du gut. Du verlangst wirklich von mir, bei einem Vergewaltiger zu bleiben? Wirklich?«

Der Vater, der Vater, der Vater und die Mutter sind an mir schuld.

»Nun mach doch den dritten nicht vor dem ersten Schritt, Valentina. Das ist alles, was ich sagen will. Mann, komm mal wieder runter, Kind.« Sie wischt und putzt, sieht mich nicht an, hört nur, was sie hören will. Ihre braunen Haare fallen ihr ins Gesicht, kleben an ihrer Stirn, sie schwitzt. Ihre schwarzen Wimpern klappen viel zu schnell auf und ab.

»Komm mal wieder …? Weißt du, ich will einfach nicht sein wie du«, sage ich und kann mich nicht stoppen. Alle Korrektive verblassen, die Warnschilder in meinem Kopf sind mit Müllbeuteln verdeckt, ich weiß sie sind da, doch sie haben ihre Macht verloren, und ich höre mich sagen: »Einen Vergewaltiger decken, ihm den Raum bieten, in dem er ungestört weitermachen kann. Das kannst du. Entschuldigen. Verharmlosen, den Boden bereiten für Männer, die andere missbrauchen, damit sie weniger oft dich missbrauchen.«

Der Vater, der Vater, der Vater und die Mutter sind an mir schuld.

Jetzt hält sie inne, die Augen geschlossen, nur ganz kurz, doch ich hab es gesehen. Sie öffnet den Mund, er geht wieder zu. Der Topf in ihrer Hand glänzt im Licht der Sonne, das durch das Küchenfenster hineinsickert. Der Schaum des Spülmittels tropft lautlos auf den grauen Linoleumboden, keine Töne mehr, ganz kurz nur macht diese Welt keine Töne mehr.

»Seit wann bist du nur so?«, fragt sie jetzt den Topf und ich muss lachen. Ein zynisches Lachen, voller Angst und Wut, Hilflosigkeit. »So habe ich dich nicht erzogen«, sagt nun sie, voller Angst und Wut. Ich kann sie spüren, die Angst und die Wut, vor allem die Angst, sie glänzt in ihren Augen, ganz klar.

»Du hast mich gar nicht erzogen. Du hast versucht, deine Neurosen auf mich zu übertragen und nennst das Erziehung. Du hast mich mir selbst überlassen, du hast mich manipuliert, du hast mich ausgeliefert und gehofft, jede

Nacht gehofft, es trifft mich und nicht dich, und mir dann versichert, so liebt man sich, so ist das Leben richtig, so, egal wie weh es tut, Hauptsache, kein anderer sieht's«, sage ich und beobachte ihre Angst, wie sie wächst und schon fast die ganze Augenhöhle ausfüllt, und setze dazu: »Du hast mich deinem Vergewaltiger-Ehemann überlassen. Du hast jeden Abend gehofft, dass es dich nicht trifft, sondern mich, oder die Schwestern. Du hast immer gewusst, was dein Mann mit uns macht und hast nichts getan. Hauptsache Familie. Ich könnte kotzen. Kotzen kotzen kotzen. Dreimal! Kotzen. Dir vor die Füße, deinem Mann vor die Füße, der Welt vor die Füße. Ich hasse dich, Mutter. Beinahe noch mehr als den Vater. Ich hasse euch. Ich hasse unsere Familie. Ich hasse dich. Aber noch mehr hasse ich mich. Und daran seid ihr schuld. Hör auf dich zu ritzen, hast du immer gesagt. Das sieht nicht schön aus!, war dein einziges Problem. Hör auf, hör auf, sagtest du und hast doch den ersten Schnitt gesetzt. Mit deinen Worten und deinem Nichtstun und Wegsehen und Zur-Familie-Halten. Und dem Satz: Aber du hast doch gesagt, du willst mit uns kuscheln! Du hast das gewollt, hast du mir gesagt, und ich hab's geglaubt, ich war elf.«

Der Vater, der Vater, der Vater und die Mutter sind an mir schuld.

Jetzt schreie ich doch, das Feuer in meinem Kopf breitet sich aus. Diese Wut. Ich sehe mich selbst die Kaffeetasse an die Küchenwand werfen, sehe sie bersten und hänge mich dran, sehe die Tränen auf deinen Wangen, dein gelähmtes Gesicht. Ich sehe mich selbst, wie von oben, alles von der Arbeitsplatte auf den Fußboden schmeißen, das Knallen der Töpfe, das Klirren von Glas. Ich laufe darüber, mit nackten Füßen, reiße Teller aus Schränken und genieße den Lärm. Ich schaue mir selbst dabei zu, wie ich Bruchstücke an die Wände schleudere, ich höre mich schreien und fühle mich gut. Immer wieder die Faust an die Wand, mein Handgelenk schmerzt, der Kopf, der brennt. Irgendwann höre ich ein leises Sprechen, eine sanfte Stimme, fragende Prosodie und leise Worte.

Nele. Mein Kind. In den Armen ihrer Oma, meiner Mutter, ich gehe zu ihr und ziehe sie an mich. Wenn nicht für mich, dann für dich, denke ich und weiß, der Kampf lohnt, der Kampf um mich, raus aus allem, für Nele, für Lene, für sie und ihr Leben, das niemals so sein soll wie meins.

*

»Ich verlange eine Anklage wegen Mordes!«, sage ich ruhig, aber bestimmt, einen Arm auf den Schreibtisch gestützt, mit Blick in die Augen des Polizisten, streiche mir mit der freien Hand über den Oberarm, der mein Körpergewicht trägt, mache mir Sorgen über einen möglichen Bieratem, der schon so lange verflogen ist. Der Polizist sucht noch die Akte und tut unbeeindruckt. Für ihn ist alles längst erledigt, für mich fängt es gerade erst an.

»Sie ist tot«, sage ich, ohne zu fühlen, was diese Worte bedeuten. »Und dieser Mann, der sie vergewaltigt hat, ist daran schuld«, setze ich erklärend hinzu, weil sein Elan nach der Akte zu suchen, merklich nachlässt. Er verharrt in der Bewegung und dreht sich auf seinem Stuhl langsam in meine Richtung.

»Aber Herr Sziboula«, sagt er und setzt seinen Hysterische-Angehörige-Blick auf. »Das ist ...«

»Frau Sziboula. Ich bin noch immer eine Frau«, unterbreche ich ihn, wie schon so viele andere vor ihm.

Jetzt erst sieht er mich richtig an, von oben bis unten, und scheint sich zu fragen, ob nun ich den Verstand verliere.

»Ich habe Muskeln und keine Haare, trage Hosen und bin doch eine Frau, das können Sie glauben. Und jetzt nehmen Sie meine Anzeige auf«, sage ich und ernte kurzes Schweigen, einen skeptischen Blick.

»Sind Sie ein Transgender?«, fragt er vorsichtig und lässt seine Augen über meinen Oberkörper wandern.

»Und wenn es so wäre, was ginge es Sie an? Ich bin nicht hier, um Ihnen meine Geschlechtsteile zu zeigen«, sage ich und beuge mich zu ihm vor. »Dieser Mann hat meine Frau ermordet und Sie lamentieren hier herum«, sage ich langsam und setze mich vor ihn hin, sehe ihn an, ein klares Zeichen für ihn: Ich gehe hier nicht weg. Ich hatte lange genug in meinem Büro gesessen, untätig und böse auf die Welt, ich musste etwas tun und wenn nur aus Verzweiflung, aber für sie, und wollte mich nicht damit befassen, dass auch dieser Polizist jemand war, der nicht umgehen konnte mit Menschen, die sich nicht einordnen ließen. Eindeutigkeit und zwar bitte in weiß, darauf kommt es an.

»Okay, Frau Sziboula. Kay, richtig? Ist aber auch ein androgyner Name, müssen Sie schon zugeben, und nur, weil dieses androgyne Aussehen da, wo Sie herkommen, normal ist, ist es das hier eben noch lange nicht, na wie auch immer. Ihre Frau, Katja Sziboula, ist also gestorben?«

»Ist sie. Ertrunken.«

»Ist unser Häftling etwa aus seiner Zelle geschlüpft, hat sie ermordet und ist dann wieder zurück? Oder wie? Entschuldigen Sie, ich verstehe einfach nicht recht, was Sie meinen.« Er lehnt sich in seinem Bürostuhl zurück und sieht ehrlich interessiert aus, mit schiefem Lächeln im Gesicht. Mir erscheint die Aufgabe, etwas langsam erklären zu müssen, nach diesem Tag dagegen als unüberwindliches Hindernis. Verständlich formulieren, was in meinem Kopf völlig logisch ist, außerhalb aber nicht verstanden wird, ich hasse es.

»Wenn ich Sie jetzt verprügeln würde«, setze ich an und erhebe die Faust, unbewusst, untermalend, »hätte ich eine Körperverletzung begangen, ja?« Er nickt bestätigend und guckt etwas erschrocken. Ich atme tief durch und lasse die Faust wieder sinken. »Und wenn Sie nun nach ein paar Tagen im Krankenhausbett sterben, ohne dass ich noch ein zweites Mal komme, ist das doch trotzdem mein Verdienst, oder? Ich hab dann Körperverletzung mit Todesfolge oder eben Mord begangen.« Zustimmendes Nicken, die Hände über den Kopf erhoben, als wolle er sich melden. »Und genau das meine ich. Katja ist an den Folgen dieses Verbrechens gestorben. An der Verletzung im Inneren. Und darum war es Mord«, sage ich und denke naiv, er holt nun endlich sein Formular heraus und notiert meine Worte. Ich erwarte ein Licht der Erkenntnis in den Augen des Polizisten, der in Jeans und Pulli hinter seinem PC sitzt, die Arme wieder sinken lässt und zu überlegen scheint. Die anderen drei Arbeitsplätze in diesem Raum sind leer, die Drehstühle stehen in die unterschiedlichsten Richtungen verdreht vor den Arbeitsplätzen. Auf ihnen die Abdrücke vieler Arbeitsjahre. Von irgendwoher im Raum kommt eine euphorische Radiostimme, ein Hintergrundmurmeln wider die Stille. Bloß keine Stille, sonst werden die Gedanken zu laut. An den Wänden hängen Plakate mit Bildern von freundlichen Polizisten, die Generationen von Schülern ermahnten, bei Rot stehenzubleiben. Auf dem Fensterbrett erblühen zwei Orchideen in rot und lila, die dicken Blätter haben sich zur Sonne ausgerichtet. Auf seinem Schreibtisch ein Foto von zwei blonden Kindern, eines von seiner Frau, wo ist der Familienhund? Zu viel der Klischees. Jetzt höre ich ihn wieder: »So schwer war sie nicht verletzt, dass sie daran hätte sterben können, daran erinnere ich mich auch ohne die Akte. Und sie ist doch ertrunken, das haben Sie ja eben selbst gesagt«, sagt er mit ruhigem Tonfall, der für trauernde Angehörige reserviert ist.

»Physisch vielleicht nicht. Aber psychisch. Die psychische Verletzung hat sie in den Tod getrieben.« Resignierter Tonfall, getrieben von Müdigkeit.

»Aber das ist doch nicht das Gleiche.« Er lehnt sich wieder zurück. Fährt sich mit den Fingern durch die kurzen Haare, als glaube er das wirklich, und lächelt erneut. Im Radio läuft nun David Bowies *Heroes*, ich setze nicht an zu gehen.

»Wenn dieser Mensch meine Frau nicht vergewaltigt hätte, dann würde sie heute noch leben. Nur weil man ihr die seelische Verletzung nicht ansah, ist sie nicht weniger schlimm als ein Stich in die Brust. Aber der ist leichter zu heilen, weil man ihn sieht, jeder ihn anerkennt und alle losrennen, um zu helfen. Das ist der einzige Unterschied. Sonst nichts. Tödlich ist beides. Sehen Sie diesen Schwanz von dem Typen in Ihrer Zelle einfach als Messer an, vielleicht geht es ja dann«, sage ich, noch immer vollkommen ruhig.

»Frau Sziboula, in unserem schönen Land müssen wir uns an unsere Gesetze halten. Und die besagen nun mal …«

»Ich kenne diese Gesetze. Und ich für meinen Teil halte mich auch daran. Und was wollen Sie mir mit ›unserem schönen Land‹ sagen?« Jetzt lehne ich mich im Stuhl zurück und verschränke die Arme vor der Brust.

»Ich will Ihnen eigentlich nur sagen, dass wir den Angeklagten nicht zusätzlich des Mordes bezichtigen können, weil das Opfer Suizid begangen hat. Das ist tragisch, das tut mir sehr leid. Und so. Ich kann Ihren Ärger nachvollziehen, H … Frau Sziboula, wissen Sie. Das kann ich. Aber ich kann keine Anzeige wegen Mordes aufnehmen, in diesem Fall. So leid es mir tut. Mord kann man auch gar nicht anzeigen. Kapitalverbrechen, wissen Sie, werden zur Anklage gebracht, nicht durch Bürger angezeigt«, sagt er, die Arme vor der Brust verschränkt, den Blick auf mir ruhend. David Bowie singt aus den Lautsprechern des kleinen Radios sein Lied in die Stille hinein, ich bin erstarrt. Ich bin eine Freundin von logischen Kausalitätsketten, deutsche Beamte dagegen offenbar nicht, vielleicht auch nicht nur deutsche, ich erinnere mich an die Anzughosenmänner, die brennenden, die vorher noch die mit dem Rucksack und dem Kinderkörper darin gewesen sind.

Mit dem letzten Tusch von David Bowie aus dem kleinen Radio, das noch immer auf dem kleinen Schrank an der Wand steht, stehe ich nun doch aus dem gepolsterten

Stuhl auf und drehe mich um. Ich brauche einen Anwalt, keinen stümpernden Polizisten, der mir sein Land erklären will, denke ich und verlasse das Büro, er hindert mich nicht. In dem langen Flur, der zum Ausgang führt, hängen Fotografien und Trophäen erfolgreicher Polizeiarbeit und Sportwettbewerbe. Ein dunkelblauer, fleckiger Teppich am Boden wurde schon Tausende Male betreten, die Wände sind grau, die Musik viel zu leise. Ich gehe das aus DDR-Zeiten stammende Treppenhaus hinunter, nehme zwei Betonstufen gleichzeitig, ohne das Licht anzuschalten, wie eine Flucht sieht das aus. Erst als ich auf dem Hof des Polizeipräsidiums stehe, erlaube ich mir wieder zu atmen, tief zu atmen, und suche mein Rad zwischen all den anderen. Ein älterer Mann sieht mich an, viel zu lange. Er scheint zu glauben, ich würde eines stehlen wollen, niemals könnte das teure, das ich nun abschließe, tatsächlich meins sein. Ich ignoriere ihn, setze mich aufs Rad, den Helm auf dem Kopf, den Ärger im Herzen und weiß, für mich gibt es jetzt nur ein einziges Ziel.

*

»Geht es dir jetzt besser, Val?«, fragt meine Mutter, als hätte ich all diese Worte gar nicht gesprochen. Steht mir gegenüber, noch immer den Kaffee in der Hand, völlig ruhig, ich kann es nicht verstehen.

»Jetzt, wo du mal alles rausgelassen hast?«, fragt sie weiter und sieht mich an. Für mich ist das ein »Ja. Ja, ich hab alles gewusst«, sie streitet nichts ab, tut einfach so, wie sie immer tut und als wäre es halt ganz normal.

»Du willst, dass ich alles rauslasse?«, höre ich mich sagen, jetzt mit Nele auf dem Schoß. Sie hat den Kopf auf meine Brust gelegt, die Augen halb zu, so schläft sie fast wieder.

»Warum hast du nichts getan, frage ich mich.«

»Was getan?«

»Warum hast du ihn in mein Zimmer kommen lassen?«

»Er hat doch nur mit dir gekuschelt.«

»Du weißt, dass das eine Lüge ist.«

»Dein Vater hat dich geliebt. Du warst glücklich als Kind. Du hast nie gesagt, dass du was auch immer nicht willst.«

»Ich war ein Kind.«

»Ein glückliches Kind.«

»Ein gehirngewaschenes Kind.«

»Ach hör doch auf, Valentina. Es fehlte dir an nichts. Du hast deinen Vater auch geliebt.«

»Jedes Kind liebt den Vater, es hat keine Chance, denn es kennt nur diesen Vater, weiß nicht, dass dieses Kuscheln nicht normal ist, was ist normal und woher sollte ein Kind das wissen, als Kind hat man keine Chance. Man hat nur die Welt, in die man hineingeboren wurde, das Kind ist abhängig, das Kind ist leichtgläubig, das Kind kann nicht anders, als den Eltern zu glauben, ein Kind kann sich nicht wehren, wenn die Mutter, wenn der Vater sagen, das ist richtig so, wir lieben dich und Eltern zeigen das so, und wenn es wehgetan hat, dann weil das Kind so unruhig ist.«

Der Vater, der Vater, der Vater und die Mutter sind an mir schuld.

»Warum hast du nichts getan?«

»Valentina.«

»Warum hast du weggeschaut?«

»Wo denn weggeschaut?«

»Warum hast du das zugelassen?«

»Du hast nie gesagt, dass du meine Hilfe brauchst, Valentina.«

»Ich war ein Kind, Mutter. Woher hätte ich wissen sollen, dass nicht jeder Vater zu seinen Töchtern ins Bett steigt? Woher, dass das keine Liebe ist, wenn er mir doch sagte, dass es Liebe sei? Ich kannte doch nur diesen Vater. Nur diese Form von Zuneigung. Und weißt du was? Ein Kind wünscht sich Zuneigung. Ein Kind wünscht sich, von

seinem Vater geliebt zu werden. Habe ich mir also gewünscht, dass er zu mir ins Bett steigt? Bestimmt. Habe ich
meinen Vater geliebt? Natürlich. Aus Abhängigkeit.«

»Valentina!«

»Wenn ich zu dir sage: Das ist, was ich von dir sehe,
dann sagst du, das ist nicht, was ich bin! Und ich habe
es immer geglaubt, dir immer geglaubt, denn ist jemand
hörig, dann nicht der Vater, nicht die Mutter, sondern
das Kind.«

»Val.«

»Und bis heute lasse ich mich vergewaltigen, weil mein
Innerstes glaubt, das ist eben die Liebe, die mir zusteht.
Liebe ist Gewalt, sie muss wehtun.«

Ich sehe meine Mutter an, hinter ihr die verwüstete Küche, in ihrer Hand der Lappen, und hasse sie und liebe sie
und ein Teil von mir will von ihr in den Arm genommen
werden und versichert bekommen, das war alles nur ein
schlechter Traum, ein schlechtes Buch, nicht die Wahrheit,
niemals, und ist bereit, ihr zu glauben, wie schon Hunderte Male zuvor. Ein anderer Teil, ein Teil, der die Tür zur
Wut in mir gefunden hat, will sie hassen, endlich hassen,
endlich sehen können, und sie hassen dürfen, vielleicht
noch mehr als den Vater.

»Weißt du eigentlich, wen mein Mann vergewaltigt hat?
Hast du dir die Zeitungen mal richtig angesehen?«, flüstere ich jetzt.

»Nur überflogen. Ich kenne keine Katja. Und ein Bild
von ihr war ja nicht drin.«

»Nein? Bist du sicher?«, frage ich und drücke Nele an
mich, sehe meine Mutter nicht an. Ich wünsche sie weg,
ich will irgendwas sagen, damit sie geht, endlich geht, ich
will sie verletzen.

»Nur eins von dir«, sagt sie leise und klingt traurig und
müde, erst jetzt? Oder schon lange und ich hab es nur
nicht gemerkt? »Obwohl ich gar nicht verstehe, warum.«

»Es war keins von mir«, lüge ich und sehe sie nun doch

nochmal an. Ihr Gesicht ist schmal, die Haut blass, die Wangen eingefallen. Dunkle Ringe unter den Augen, tiefe Falten auf der Stirn. Wann ist sie so alt geworden? Vorhin erst war sie noch jung, jetzt erscheint sie mir plötzlich so alt. Am Haaransatz glitzern silberne Strähnen zwischen dem Braun.

»Das auf dem Foto bin gar nicht ich. Das ist Renée. Renée, Mutter, Renée. Ein Name, den man einem Jungen geben kann. Oder einem Mädchen. Geht beides, richtig? Renée, Mutter. Es war Renée. Auf dem Bild. Nicht ich.«

Und nun ist sie still. Kein Ton kommt aus ihrem von feinen Fältchen umzogenen Mund, selbst der Atem so flach, so unhörbar leise.

»Woher ich das weiß?«, will ich die ungestellte Frage beantworten. »Ich weiß, dass mein toter Zwilling kein Sohn war. Kein Junge. Dass du deine Geschichte erzählt hast, mit jedem Mal ein wenig dramatischer, trauriger. Ich hätte viel früher merken müssen, dass du lügst. Dass es ein Mädchen war und sie niemals starb. Sie lebt und heißt Katja. Doch was ich nicht weiß, ist, warum? Und wie fühlt sich das an? Dein Schwiegersohn vergewaltigt deine Tochter, hm? Wie geht es dir jetzt? Immer noch alles nur halb so schlimm? Wag es bloß nicht zu lügen, lüg mich nicht an, du wüsstest nichts von ihr. Du kannst nur lügen und Luftschlösser bauen, du bist eine Maulhure. Erzählst Geschichten den ganzen Tag, dein Leben ist eine reine Lüge und meines gleich mit, weil ich nichts anderes kenne, als eine Lüge zu leben. Du hast dir deine eigene Welt gebaut. Sag mir warum.«

»Ich hatte geglaubt, diese Psychose wäre vorbei«, sagt sie leise, ist auf den Boden gesunken, die Unterschenkel unter den Körper geklappt, der Mund leicht geöffnet. Ihre Handflächen liegen auf den Knien, die Finger geöffnet, als wolle sie irgendetwas empfangen. Nele auf meinem Schoß hustet kurz.

»Du hast jetzt die Chance, ein Mal in deinem Leben, nur

ein einziges Mal, die Wahrheit zu sagen. Sag mir warum. Was mit Katja war. Warum musste sie weg?«

Sie schüttelt den Kopf, ganz sanft und unmerklich nur, und starrt auf ihre Hände. Ihre Haare liegen auf ihren Schultern, die Lippen knallrot, die Wangen voll Puder. »Nein«, flüstert sie und schüttelt den Kopf. »Nein, sie ist tot. Renée ist tot. Valentina, weißt du nicht mehr? Diese Therapie, als du noch ein Kind warst? Wir hatten uns von Renée verabschiedet«, immer wieder, ganz leise.

»Du weißt selbst, dass es nicht so ist«, sage ich.

Jetzt steht sie auf, kommt auf mich zu, streicht mit der Hand über Neles Kopf und sagt: »Tschüs, kleine Maus, Oma muss jetzt gehen.« Sieht mich nicht an. Und geht. Auf der Flucht vor dem, was nicht sein darf, wie immer.

Ich bleibe zurück, ohne Antworten, noch einsamer als zuvor. Doch die Nabelschnur scheint endlich durchtrennt. Schon als Kind habe ich oft meinen Teddy eingepackt, eine Zahnbürste und ein Unterhemd, bin vor die Haustür getreten und irgendwo hingegangen. Hauptsache weg. Meistens nicht lange, in den Wald hinter unserem Haus, habe unter Bäumen gehockt und gehofft, sie sitzen zu Hause und weinen um mich. Doch immer, immer, wenn ich zurückkam, war das Haus scheinbar leer, keine Tränen, kein Klagen, einfach nur Stille, verschlossene Türen. Niemand hatte mein Weggehen bemerkt, niemandem hatte ich gefehlt. Ich war nie wirklich weg, bis heute nicht. Erst jetzt fühle ich mich plötzlich frei, als hätte ich in Ketten gelebt. Ich fühle Platz in meinem Körper, wo bis eben der Zwang gesteckt hatte. Nele auf meinem Schoß hustet wieder, niest einmal kräftig und ihr Körper bebt. »Ich liebe dich, Schatz«, sage ich und küsse ihr Haar. Dieser Duft meines Kindes ist mein ganzes Glück in diesem Moment, der Geruch eines Menschen umhüllt andere Menschen, im Guten, im Schlechten, der Geruch ist das, was bleibt. Renée war nie tot, sie war nur woanders, und ich bin wütend, wütend, dass sie woanders sein durfte, diesen Vater nicht

hatte, bin neidisch, neidisch, dass sie ohne die Mutter aufgewachsen ist, und bin froh, dass nun sie, wenigstens einmal sie, einmal wenigstens, das Opfer war.

Als es an der Tür klingelt, denke ich nur kurz, Mutter ist
zurück, und öffne doch.

*

Im ersten Moment denke ich, Katja steht hier vor mir. Oder
ich wünsche es mir. Die Tür jedenfalls wird geöffnet, dahinter ein geordnetes Chaos und dieses Gesicht, das gestern noch tot war. Der Glanz in den Augen, ein anderer,
trauriger, noch trauriger? Die Haut etwas fahler hinter dem
verschmierten Puder, so unperfekt, so sehr viel sympathi-
scher als noch ein paar Tage zuvor. Wie lange ist es her,
dass Valentina in ihrem Sommerkleid mit dem Tuch um
den Hals bei uns vor der Tür stand? Nun stehe ich hier,
sehe das kleine blonde Mädchen auf ihrem Arm, die Arme
ganz fest um die Mutter geschlungen, die Mutter, die sie,
so glaubt sie, vor allem Bösen beschützen kann. Hier nun
bin ich das Böse, wenn ich sage, ganz leise nur, aber deutlich und klar und ohne Begrüßung: »Katja ist tot. Sie selbst.
Sie hat. Eigentlich kann sie schwimmen. Aber nicht mit
Steinen in den Taschen. Sie ist tot«, sage ich ohne jedes
Hallo, wie geht's, schön, dich zu sehen, und ringe nach
Luft. Ich habe noch immer den Fahrradhelm auf dem
Kopf, stehe im Türrahmen und betrachte die Worte. Ausgesprochen werden sie plastisch, zum Ergreifen fest, ich
kann sie drehen und wenden, in die Luft erheben und von
unten besehen. Von allen Seiten erkennen, es gibt kein
Missverstehen. Drei endgültige Buchstaben. T, o und t.

»Bist du ganz sicher?«, fragt Valentina natürlich trotzdem, sie trägt auch heute das Sommerkleid, nur ohne Tuch
und Sandaletten, dafür mit schwarzer Strickjacke. Ihre
nackten Füße auf dem Parkett, die Nägel blau lackiert.

»Ich habe sie selbst gesehen. Wiederzubeleben versucht.

Nachdem es die Sanitäter versuchten. Eine halbe Stunde, wenn nicht länger. Ich glaube, ich habe ihr alle Rippen gebrochen. Der Leiche Katja. Ich habe beatmet und massiert, doch sie war lange schon tot, bevor sie aus dem Wasser gezogen wurde. Vielleicht sogar metaphorisch schon, bevor sie ins Wasser gegangen ist.« Ich fühle die Tränen, endlich Tränen, die ersten seit einem ganzen Leben.

»Das tut mir, ich weiß gar nicht, oh Mann. Komm doch erst mal rein«, sagt sie und geht voran. Überall im Flur liegt Spielzeug herum, Kinderkleidung und Papierschnipsel. Ich folge ins Wohnzimmer, ein ähnliches Bild. An der Wand steht eine große Eckcouch in blau, mit Filzstiftflecken, ich setze mich trotzdem. Betrachte die Zeichnungen der Kinder an den Wänden und finde sie endlos schön. In der Luft hängt der Duft von Kaffee und Schweiß.

»Ich war gerade bei der Polizei«, sage ich, halte mich mit beiden Händen an meinem Bizeps fest und starre ins Leere. Die Kinderfotos um mich herum schüchtern mich ein, so viele fröhliche Gesichter.

»Magst du was trinken?« Ihre Stimme klingt warm, so freundlich. Wie die einer Mutter. Ich sehe sie an, ihr Gesicht passt nicht hierher. So unendlich traurig. Die Haltung, die Sprache, die Melodie ihrer Worte passen nicht zum Gesicht.

»Kaffee, wenn du hast? Ich helfe auch gern«, sage ich und stehe wieder auf.

»Darf ich dich was Doofes fragen?«, fragt sie und geht in die Küche. Ich folge ihr und bleibe auf der Schwelle stehen. Der Boden ist übersät mit zerbrochenem Porzellan, mit Tellern und Tassen, Besteck und Glas. Die Tapete ist bräunlich verfärbt, offenbar hat es hier schon Kaffee gegeben. Valentina tut, als sähe sie all das nicht, läuft mit ihren nackten Füßen über die Scherben hinweg, das Kind auf dem Arm, und holt eine Tasse von ganz oben aus dem Schrank.

»Bist du eigentlich in Deutschland geboren? Ich meine,

entschuldige, wenn das doof ist, das passt jetzt auch gar nicht, eigentlich. Du sprichst so perfekt Deutsch und es interessiert mich einfach.«

»Ja, schon okay. Ich bin nicht in Deutschland geboren, sondern in Südafrika. Meine Familie stammt aber aus dem Kongo.« Ich trete einen Schritt in die Küche hinein und schiebe mit dem Fuß ein paar größere Porzellansplitter zu einem kleinen Haufen zusammen.

»Aha. Toll. Also, wie gut du die Sprache kannst. Wirklich toll«, sagt sie und gießt Kaffee in die wohl letzte intakte Tasse.

»Meinst du? Ich konnte die Sprache schon, da hatte ich noch keinen Fuß nach Europa gesetzt.« Ich nehme den Kaffee entgegen.

»Hm. Ich wünschte, ich könnte eine zweite Sprache. Also, Englisch kann ich so okay verstehen, aber Sprechen und Lesen, das geht eher nicht. Wie lange bist du denn schon in Deutschland?« Sie kommt jetzt wieder aus der Küche heraus, ihre Tochter zappelt auf ihrem Arm, hustet zweimal und steckt sich dann das Stück Apfel in den Mund, das Valentina ihr gibt. Dann stellt sie sie auf den Boden im Flur, nimmt sich einen Besen und schiebt wortlos die Scherben zu einem Haufen zusammen.

»Seit zehn Jahren jetzt. Hab hier mit einem Stipendium mein Studium beendet, den Doktor gemacht und bin nun Professor. Für Linguistik. Ich liebe Sprachen. Sprachen und das Sprechen sind für mich der Schlüssel zu allem. Katja hat nie wirklich über das Wesentliche, ihre Gefühle und ihre Vergangenheit gesprochen. Und jetzt ist sie daran erstickt«, sage ich und sehe Valentina an. Die Ähnlichkeit zu Katja ist bedrückend, das Gesicht ist so weich, ihre Bewegungen fließend, ich vergesse beinahe, dass Katja nicht hier ist.

»Jetzt ist sie tot«, sagt Valentina ganz leise. Im Gesicht ein Ausdruck, der jedes mögliche Gefühl überdeckt. Das Kind geht durch eine offene Tür, rennt durch das Zimmer,

immer im Kreis, kommt lachend zurück und rennt wieder los. Ich möchte so sein wie dieses Kind, nur einen Tag völlig sorglos und frei. »Sie heißt Nele«, sagt Valentina, als sie meinen Blick bemerkt und lächelt mich an. »Lene ist im Kindergarten, ich muss gleich, sie abholen.« Sie schiebt die Scherben auf ein Kehrblech, lässt alles in den Mülleimer fallen und fegt erneut, auf der Suche nach den kleinen Splittern. Nele reicht mir ihre Puppe und sagt etwas. »Sie möchte, dass du sie umziehst«, übersetzt Valentina. Also mach ich mich ans Werk, ziehe Puppensachen aus und wieder an, wickle eine Windel herum und stecke den Plastiknuckel in den Puppenmund. So schnell bin ich in das Spiel integriert und vergesse, was ich eigentlich hier wollte. Valentina räumt auf, wischt den Boden der Küche und lächelt. Ein zufriedenes Lächeln in einem müden Gesicht. Ihre Frisur sieht aus, als sei sie gerade erst aufgestanden, die Kleidung knittrig, die Hände schmutzig. Sie räumt und räumt, zieht jetzt Bücher aus dem Regal im Wohnzimmer, wischt die Bretter ab und lächelt. Sortiert die Bücher in anderer Folge zurück und lächelt.

»Worüber lächelst du so?«, frage ich sie.

»Ich lächle?«, fragt sie zurück und lächelt.

»Ja, die ganze Zeit schon.«

»Ich weiß es auch nicht. Hab es gar nicht gemerkt. Ich fühle mich einfach plötzlich ganz, irgendwie, dabei müsste ich traurig sein, müssten wir traurig sein, doch ich bin jetzt ganz, irgendwie.«

*

Ich weiß nicht, warum ich Kay noch nicht gebeten habe zu gehen. Sie ist noch hier, ich habe sie gern bei mir, irgendwie. Sie sitzt auf dem Fußboden, dieser große Körper mit den großen Händen, die auf dieser kleinen Puppe liegen. Sie zieht ihr die Puppensachen aus, mir wird schlecht, sie lacht bei dem Versuch, die Windel umzumachen, und zieht sie wieder an, Nele steht dabei, ist im Stehen noch kleiner als Kay im Sitzen und hopst auf der Stelle, ein kleiner blonder Flummi. Sie lachen sich an, Kay mit ihren traurigen Augen, die trotz allem kurz glänzen beim Blick in Neles Fröhlichkeit. Wie egal es dem Kind ist, wie Kay ist. Sie spielt mit ihr, also ist sie super, alles könnte so leicht sein, hätten wir den Blick von Kindern.

»Wie ist Katja denn gestorben?«, frage ich jetzt, weil ich endlich die Kraft dazu gefunden habe und den Drang, gute Stimmung zu verbreiten, ablegen kann. »Ich dachte, sie ist in einer Klinik?«

»Sie ist ertrunken«, sagt Kay und dann: »Hat sich umgebracht.« Und ich erstarre. Kay spricht weiter: »Sie war in einer Klinik, ja. Aber bei allem, was sie in ihrem Leben erlebt hat, in ihrem ganzen Leben, war das nun wohl zu viel für sie. Sie ist gegangen.«

Warum fühle ich mich schuldig? Warum bin ich sicher, dass dieser Tod meine Schuld ist?

»Ich war bei der Polizei«, sagt Kay jetzt und ich weiß, sie hat mich angezeigt, ist darum hier, nur dafür, um mir das zu sagen, mich zu hassen und für immer zu gehen.

»Und habe versucht, deinen Mann wegen Mordes anzuzeigen.«

Moment, meinen Mann? Nicht mich?

»Denn wenn er sie nicht, na du weißt, wenn das nicht passiert wäre, dann würde sie noch leben. Weißt du. Ich wollte dir das sagen. Denn ich werde nicht aufgeben. Du sollst das wissen. Er ist schließlich dein Mann. Und.« Während all der Worte sieht sie mich nicht an, spielt weiter mit Nele, rührt in einem kleinen Alutopf. Diese Szene ist so absurd, so falsch und richtig zugleich, wie sie dort sitzt und sagt, sie will den Vater dieses Kindes für immer im Gefängnis sehen, und gleichzeitig mit Nele spielt und sie glücklich macht.

»Aber Kay, es gibt da etwas, das solltest du wissen. Ein Detail, weißt du. Etwas. Bevor du. Ich will dir etwas zeigen. Moment, ich hol es her«, sage ich. Gehe ins Wohnzimmer und hole das Notebook.

»Du zeigst mir jetzt aber bitte keine sentimentalen Hochzeitsfotos oder so Zeug. Das stimmt mich ...«

»Jetzt hör auf«, falle ich ihr ins Wort und hole die Bücher. »Kennst du die?«, frage ich.

»Das sind Katjas Bücher. Die hat sie geschrieben.«

»So ist es. Hast du sie gelesen?«

»Nicht alle, um ehrlich zu sein, aber bei ihren Lesungen war ich«, sie lacht.

»Kennst du dieses?« Sie hält mir das blau eingebundene *Brückenkind* entgegen und sieht mich an.

»Das war ihr letztes, ja. Kenne ich, aber nein, zum Lesen bin ich noch nicht gekommen. Was ist damit? Hast du die alle gelesen? Hast du alle Bücher von Katja? Schon immer, oder jetzt extra gekauft? Was ...?«

»In diesem Buch, Kay, wird eine Geschichte erzählt, die Katja nicht kennen kann. Es ist die Geschichte meiner Mutter. Was sie uns, mir und meinen Schwestern, immer erzählt hat, warum Katja nicht mehr da ist, warum Renée nicht mehr da ist, Katja hat sie aufgeschrieben, hier, in diesem Buch. Und sie hat einen Preis dafür bekommen, für die Recherche, für die Vergangenheitsbewältigung, einen Preis, einen Literaturpreis, und ich hab sie im Fernsehen gesehen, mit der Geschichte, die meine Mutter uns immer wieder erzählt hat.«

»Was soll das für eine Geschichte sein?«, fragt Kay und sieht verwirrt aus.

»Als ich Katja im Fernsehen gesehen habe, da war es mir plötzlich klar, was an der Geschichte meiner Mutter nicht stimmte«, fange ich meine Erklärung an.

Nele steht mitten im Zimmer und beobachtet uns, in der Hand die Puppe. Die Uhrzeit auf dem Computerbildschirm sagt mir, gleich muss ich Lene abholen.

»Renée, das war der Name, den meine Mutter immer genannt hat. Aber als Jungennamen. Guck hier. Alle Daten stimmen«, rede ich vor mich hin und atme jetzt dreimal tief ein. Eins zwei drei und wieder ruhig. Ich erinnere mich daran, was ich fühlte, als ich erfasste, dass ich eine Zwillingsschwester habe, die vielleicht nur in meiner Erinnerung weg war. Eine, die trotzdem irgendwie entkommen war, ohne zu wissen wovon. Ich habe sie gehasst, denn ich habe mir vorgestellt, wie glücklich sie aufgewachsen sein muss, alles muss besser gewesen sein als meine Kindheit. Ich habe sie im Fernsehen gesehen, wie sie diesen Preis für ihre Arbeit bekam, und dachte an mich und meine zwanghafte Untätigkeit und habe sie noch mehr gehasst.

»Ich habe dieses Buch gelesen, Kay, und meine Mutter gehört, jedes Wort. Und Lügen. Renée sei gar nicht gestorben. Man hatte meiner Mutter nur gesagt, sie sei gestorben, weil meine Mutter nicht als regimetreu galt. Sie hatte wohl in der Vergangenheit zweimal versucht, die DDR zu verlassen. Einmal war sie nachts an der Glienicker Brücke durch die Havel geschwommen und bis zur Pfaueninsel gekommen. Dort standen Grenzsoldaten und haben sie in ein Durchgangslager gesteckt. Und weil sie schon zwei Kinder hatte, hat man sie in die DDR zurückgebracht. Das hat sie mir zumindest mal irgendwann erzählt. Vielleicht war es auch ganz anders. Vielleicht hat sie auch nur irgendwann mal an irgendeinem Zaun gerüttelt. Wie auch immer. Jedenfalls sollte Renée in einer SED-genehmen Familie aufwachsen und im Sinne der Partei erzogen werden und sowas halt. Steht alles hier drin. Da sind auch Kopien von Gesetzestexten drin und Anweisungen an die Stasi und sowas, die diese Dinge belegen, wirklich gut recherchiert das Ganze.«

Ich sehe einen Moment lang zu, wie Kay durch die Seiten blättert und liest, die bis zur Wende nachverfolgte Biografie des dann vierjährigen Kindes. Danach hat sich wohl niemand mehr für sie interessiert. Ich warte auf eine Frage, die nicht kommt, darum spreche ich weiter: »Ich wollte das meiner Mutter zeigen, doch die wollte von all dem nichts hören. Sie will nie irgendwas Unangenehmes hören. Für sie existiert diese andere Welt, in der Renée tot ist, in der lebt sie. Sie lebt in vielen Belangen in ihrer eigenen Welt. Blendet Dinge aus, die sie nicht hören will, die nicht zu ihrer Version der Welt passen. Wenn anderen dadurch Unrecht geschieht, geht sie weg und kommt erst zurück, wenn es vorbei ist. Na wie auch immer, jedenfalls, so war das wohl. Und ehe ich damit Katja finden konnte, ich wusste ja nicht, wo ihr wohnt, war das schon passiert«, sage ich und weiß, Kay weiß, der letzte Satz ist nur die halbe Wahrheit.

»Katja hat in diesem Roman aufgeschrieben, was sie nicht wissen kann, wenn sie doch gar nicht in unserer Familie aufgewachsen ist. Dieses Buch, für das sie einen Preis bekommen hat, ist der Beweis, dass sie zu mir gehört, Kay.«

»Vielleicht hat auch sie recherchiert. Sie hat immer wissen wollen, woher sie kommt. Offenbar wusste sie mehr, als sie mir erzählt hat. Sie hat nie mit mir darüber gesprochen, worüber sie gerade schreibt. Es war ihrs, ganz ihrs.«

»Ich muss jetzt meine kleine Tochter abholen«, sage ich und bemerke nicht, dass ich den Fluchtreflex meiner Mutter geerbt haben muss.

Schon halb aufgestanden, legt mir Kay eine Hand auf den Oberschenkel, genau dort, wo der Saum meines Kleides ihn gerade noch bedeckt. Die Haut ihrer Finger wirkt zart und gepflegt und ich schäme mich, dass mich das überrascht.

»Kann ich dich etwas fragen?«

Ich lasse mich wieder auf das Sofa sinken und sehe in die dunklen Augen von Kay. »Klar.«

»Bist du traurig, dass Katja tot ist? Ich meine, für dich war sie ja schon immer tot. Für mich nicht. Ich … Bist du traurig?«

Der kräftige Körper neben mir sinkt während der Worte in sich zusammen. Ich kann die Frage nicht beantworten. Ich weiß nicht, ob ich traurig bin, ich habe mir das noch nicht überlegt. Muss man sowas überlegen? Fühlt man das nicht? Braucht es erst einen toten Menschen, damit mir auffällt, dass ich eigentlich gar nicht fühle?

»Ich bin sehr traurig«, redet nun wieder Kay, und ich bin froh, nicht länger darüber nachdenken zu müssen. Sie starrt einen Moment auf die Tischplatte, als sähe sie darauf einen Film, eine Projektion, vielleicht von dem, was hier war, erst gestern, vielleicht sieht sie einen Weinfleck, den ich nicht sehe, einen Blutfleck, ich ziehe die Ärmel der Strickjacke über die Handgelenke und spüre, die Stille ist ein Geräusch, ein lärmendes, quälendes, quietschendes Geräusch, das dir in die Knochen fährt, dich von innen schüttelt. Die Stille ist eine Gewalt, die sich um deinen Hals legt und drückt, die Stille, sie ist wahnsinnig laut.

»Kann ich dich noch etwas fragen?«

»Klar«, sage ich, eins zwei drei, zupfe immer wieder an meinen Ärmeln, sehe nicht, dass Kay nichts davon sieht, eins zwei drei, ich muss mich waschen gehen, denke ich, einmal zweimal dreimal waschen gehen, den Schmutz werd ich einfach nicht los.

»Kann ich vielleicht mitkommen, deine kleine Tochter abholen?«, sagt sie in den Lärm der Stille hinein. »Ich meine, einfach ein wenig spazieren, ich muss nicht mit reinkommen in den Kindergarten oder so, ich möchte nur nicht allein sein jetzt. Ginge das?«

»Klar.« Ich lächle vor mich hin, mein Gesicht tut, was es will. Vielleicht ist Lächeln jetzt ein Ausdruck meiner Angst. Nicht allein zu sein ist eigentlich ganz schön.

Kay nimmt die Bücher einzeln von der Couch und legt sie auf den Tisch, nebeneinander, in chronologischer Reihenfolge, und betrachtet sie ruhig. Ich gehe ins Bad, wasche mich, wasche mich, natürlich hat Katja recherchiert, natürlich, ich wasche mich dreimal und komme zurück,

Kay sieht mich an, mit Nele auf dem Schoß, und ich will, dass sie nie mehr geht.

*

Nele rennt. Sie kennt den Weg. Sie sei krank gewesen, hat Valentina gesagt, doch danach sieht das Mädchen gar nicht aus. Aber ich kenne mich ja auch mit Kindern nicht aus, sehe nur Nele rennen und ihr Gesicht, als ich mit ihr spielte. Valentina war im Bad verschwunden, ich habe mich zu Nele mitten ins Wohnzimmer gesetzt und weiter mit ihr gespielt, ihrer Puppe zu essen gegeben und ihre imaginären Spaghetti gegessen. Habe ihre Holzeisenbahn abgebaut, um sie neu, mit cooleren Kurven, wieder aufzubauen, bis Valentina wieder vor uns stand, in einem anderen Kleid mit langen Ärmeln, was hat sie heute nur mit ihren Ärmeln, sie fummelt und zieht schon wieder daran herum, mit Föhnfrisur und lackierten Nägeln. Mit Puder auf den Wangen und Spangen in den Haaren, und einem farblich passenden Halstuch.

»Was soll dieses Tuch bei der Wärme?«, habe ich sie gefragt, sie hat mit den Schultern gezuckt, als wüsste sie selbst nicht warum. »Was sollen die langen Ärmel bei der Wärme?«, sie lächelt stumpf. »Irgendwann geb ich dir eine Antwort darauf«, sagt sie und zieht an ihrem roten Ärmel, dreimal. Das Kind springt von meinem Schoß auf, wir lassen die Holzeisenbahn zurück und gehen aus dem Haus, hinein in die Stadtrandsiedlung, in der alle Haustüren im gleichen Farbton gestrichen sind. Eine fast beruhigende Gleichheit der Dinge, von Hecken eingefriedet und durch Vorgärten geschmückt. Nur Valentinas nicht, vor ihrem Haus wächst nur Gras, gleichgrünes Gras gespickt mit Gänseblümchen und Löwenzahn. Auf dem Treppenabsatz vor der Haustür welkt eine Topfpflanze vor sich hin, fast schon passiv-aggressiv in ihrer Vernachlässigung. Mit braunen, vertrockneten Blättern ruft sie um Hilfe, gesehen werden will sie, die Pflanze, wollen wir doch alle, Valentina und der Rest der Welt, wir alle wollen gesehen werden und sehen stets aneinander vorbei, erst wenn die Blätter welken, erwecken wir Aufmerksamkeit. Wie diese Pflanze. Wie Valentina mit ihren langen Ärmeln im Sommer. Wie Nele mit ihrem Kranksein. Wie ich, einfach so, dafür aber immer, Aufmerksamkeit, einige nehmen eben auch negative statt gar keiner.

Warum verwelkt diese Pflanze, obwohl Valentina sie doch jeden Tag sieht, sie gießen könnte, einfach gießen könnte, sie in ein Beet pflanzen könnte, so könnten sich die Wurzeln durch den Boden arbeiten, sich entfalten, Wasser finden, sich aus der Abhängigkeit von Valentina und ihrer Gießkanne befreien, warum eingesperrt in einen Tontopf stattdessen? Warum sperren wir Dinge ein, beschränken ihre Möglichkeit sich zu entfalten, um die Kontrolle über die Dinge zu behalten, selbst wenn diese Kontrolle zum Unglück des Kontrollierten wird? Warum merkt der Kontrollierte das nicht? Warum sehen wir den Tontopf um uns herum nicht? Warum können die Wurzeln nicht über die Ränder wachsen? Warum verwelkt diese Pflanze, wenn Valentina sie doch jeden Tag sieht, sie gießen könnte, warum empfinde ich das als passiv-aggressiven Akt? »Diese Pflanze hat mir meine Mutter geschenkt«, sagt Valentina, die meinem Blick gefolgt ist, ihre Hand auf meine Schulter legt und mich vorwärtsschiebt, als hätte sie Angst, ich könnte ins Haus zurückkehren, um Wasser zu holen.

Nun laufen wir den mit großen Betonplatten gepflasterten Gehweg entlang, Nele rennt vor und wieder zurück, und wir unterhalten uns nicht. Sind einfach zu dritt, statt allein.

Und plötzlich sind wir zu viert.

Ich habe vor dem Eingang des Kindergartens gewartet, ein Stück entfernt, und mir eine Zigarette angezündet, die ich zur Beruhigung vor ein paar Tagen gekauft hatte. Ja, eine Zigarette, die erste nach fast sieben Jahren. Die erste ohne Katja, es hatte nie eine mit Katja gegeben, trotzdem sammle ich gerade erste Male, um stets etwas zu behalten, das ich noch nie ohne Katja tat. In den Wald gehen zum Beispiel. Es gibt in Deutschland wunderschöne Wälder, dichte und sonnige, in denen es riecht wie in meiner Heimat nirgends. Es ist ein erhebendes Gefühl, vollkommen von Bäumen umschlossen zu sein, sich der Natur zu übergeben. Erst mit Katja war ich das erste Mal in einem solchen Wald gewesen, sie hatte Pilze sammeln wollen, ich dachte sie spinnt, danach liebte ich sie nur noch mehr. Ich werde niemals ohne Katja in einen Wald gehen, nie ohne Katja die Wildblumen sehen, nie ohne Katja in die Baumwipfel schauen.

Meine Zigarette war erst halb aufgeraucht, da standen die drei schon wieder neben mir, Valentina mit Lene auf dem Arm, Nele stand ganz dicht bei mir und sah zu mir hoch, als sei ich ein Baum, dessen Wipfel sie betrachten will.

»Sie möchte fragen, ob du sie tragen kannst«, sagt Valentina und lächelt jetzt warm und Nele lacht und nickt.

»Kann sie nicht mehr laufen, ist was passiert, bist du hingefallen?«, frage ich.

»Sie möchte einfach von dir getragen werden.«

Also strecke ich dem Kind meine Arme entgegen und hebe sie hoch, setze sie mir auf die Schultern und laufe los, Nele lacht. Ihre Beine baumeln vor meiner Brust, ich halte die Knöchel, sie lacht.

»Ich finde es sehr lieb von dir, dass du gar nichts dazu sagst«, höre ich Valentina.

»Wozu?«, ich schaue sie an, sie schaut mich an und bleibt stehen. »Hast du es gar nicht gemerkt oder bist du so höflich?«, fragt sie.

»Was gemerkt?«, frage ich und sehe sie von oben bis unten an, suche nach irgendwas, das zu bemerken wäre, stelle eigentlich alles fest, sage aber nichts mehr.

»Dass ich nicht auf die Fugen der Gehwegplatten trete. Du hast vorhin so geschaut, ich dachte, du hast das gesehen. Meine Mutter sagt immer, zwingt mich immer, das zu lassen. Schreit deswegen.«

So ein Quatsch, denke ich und sage: »Ach was?«

Ich kenne das als Kinderspiel, tritt nicht auf die Fugen, sonst bist du tot. »Ist doch nicht schlimm. Warum machst du das?«, frage ich und sie zuckt wieder nur mit den Achseln. Schaut auf den Boden und geht weiter, Fugen fein säuberlich vermeidend. Nach Spaß allerdings sieht da gar nichts aus.

Irgendwann sind wir zurück an ihrem Haus, ich hebe Nele von meinen Schultern und bleibe vor der untersten Treppenstufe stehen. Die drei sehen mich an, Nele streckt ihre Hand nach mir aus und ich greife danach.

»Komm doch noch mal mit rein«, sagt Valentina und deutet in den Flur, ihr Finger zuckt, dreimal, Blick auf den Boden. Plötzlich fällt mir vieles an ihr auf, was ich vorher nicht gesehen habe. Sie tippt dreimal mit dem Fuß auf den Boden, bevor sie über die Türschwelle geht. Sie zupft an ihrem Rock, bevor sie anfängt zu sprechen. Sie hält zwischen Wörtern kurz inne, ehe sie weiterspricht. Sie ist lange im Bad, ehe sie wieder bei uns ist, mit geröteten Händen und geröteten Augen. Und während es vor den Fenstern langsam zu dämmern beginnt, ich mit den beiden Kindern spiele, hat Valentina das Haus umgeräumt. Sie hat mit sich selbst gesprochen, ich weiß nicht, ob sie weiß, bewusst weiß, dass ich noch hier bin, ihre Kinder noch hier sind, sie wirkt völlig fremd, während sie alles aus den Schränken zieht und räumt und wischt und umstellt und schiebt und immer wieder vor sich hinsagt: Ich finde das Monster, irgendwo hier muss es sein, ich fühle es doch.

Und ich sitze in ihrem Wohnzimmer und betrachte die Bücher von Katja, jedes einzelne aus den Jahren ihrer kreativen Zeit liegt hier, keines fehlt, selbst die sehr unbekannte Kurzgeschichtensammlung aus diesem Miniverlag liegt hier vor mir. Was ist das? Besessenheit? Niemand sonst hat alle diese Bücher und weiß in drei Sekunden, wo sie stehen.

Ich schlage *Brückenkinder* auf, erinnere mich, wie ich erst vor Kurzem mit Katja über die Glienicker Brücke gegangen bin, wie sie sagte, wie sie es jedes Mal sagt: Vor dreißig Jahren ist es eine Kriegserklärung gewesen, hier herüber zu wollen, heute spazieren wir einfach, ist das nicht unglaublich? Katja war fasziniert von dieser Brücke, von allem, was auf dem Wasser schwamm, war fasziniert davon, wie anders heute alles war, aber sie hat nie gesagt, ob es besser ist, oder schlechter, nur anders, ich erinnere mich an keine Wertung.

Der Einband des Buches ist abgegriffen, als hätte Valentina es schon Hunderte Male aufgeschlagen, es sieht aus wie Katjas Leseexemplare nach ihren Lesereisen, zerlesen, abgegriffen, wie ein gutes Buch. Ich blättere vor, dorthin, wo Katja immer ihre Signatur hinterlassen hat, und da ist sie, »Katja Sziboula«, in ihrer schönsten Version. Ich blättere sie alle auf, jedes einzelne Buch, und in jedem einzelnen Buch steht er drin, Katjas Name, ohne Gruß, ohne Widmung, einfach der Name, in geschwungener Schrift, eindeutig ihre.

*

Ob ich traurig bin, das hat Kay mich gefragt. Und noch immer weiß ich es nicht. Fröhlich bin ich jedenfalls nicht, ich bin einfach gar nichts, warum kann das nicht auch einfach sein? Ich fühle mich, als hätte ich gerade drei Sekunden lang darüber nachgedacht, doch dass das nicht stimmt, sehe ich beim Blick aus dem Fenster. Es dämmert bereits, mindestens drei Stunden sind weg, jetzt geht das wieder los. Ich höre Nele und Lene im Kinderzimmer lachen, höre die Stimme von Kay und weiß nicht, was ich eigentlich tue. Irgendwie spüre ich meine Hände, sie brennen leicht, irgendwie spüre ich meine Knie, sie schmerzen, als wäre ich auf ihnen herumgerutscht. Doch erinnern kann ich mich an nichts. Drei Stunden meines Lebens, einfach weg, wieder weg.

Von früher kenne ich das. Ich weiß, wie es ist, wenn man von einer Männerstimme angerufen wird, die sagt, ich hätte meine Handynummer gegeben, gestern, als wir uns kennenlernten, ohne dass ich gewusst hätte, wo ich gestern war. Ich kenne das Gefühl, wenn einem immer mal wieder ein paar Stunden fehlen. Die Biografie Löcher hat und andere einem sagen, man war aber dort, aber irgendwie komisch.

Einige Jahre ist das nicht mehr passiert und jetzt hocke ich hier, mit all meinem Wissen im Kopf, und es geht wieder los.

Ich gehe ins Kinderzimmer, sie spielen alle drei, die Holzeisenbahn schlängelt sich unter dem Bett hindurch, Kay sieht mich an. »Geht es dir gut?«

»Danke, dass du hier bist«, sage ich statt einer Antwort und gehe in die Küche zum Broteschmieren. Lege Butter und Leberwurst zurecht, auf meine Weise, wie es zu sein hat, und Käse darüber und Salami hier links, erst dann kann ich anfangen zu schmieren, meine zwanghaften Bewegungen, heute besonders betont. Kay steht in der Tür, schaut auf meine Finger, ich sehe die rot schimmernde Haut, die offenen Stellen, den frischen Nagellack.

»Hast du das Monster gefunden?«, fragt Kay und ich stocke.

»Was?«

»Das Monster. Du hast hier alle Schränke verrückt und ausgewischt und immer wieder gesagt, du würdest das Monster schon finden.«

Kay lehnt am Türrahmen, die Hände in den Taschen der Jeans, die Finger zeichnen sich durch den Stoff leicht ab. Die Füße stecken in Adidas-Sportschuhen, das Männerhemd in Dunkelrot steckt im Hosenbund. Ich stelle mir

Kay kurz vor, vor den Studierenden stehend und vor sich hin dozierend. Stattdessen steht Kay nun in meiner Küche und möchte wissen, wo mein Monster ist. Ich lache nervös und schmiere noch dreimal mit dem Buttermesser über das Brot, bevor ich sage: »Ja ja, ich dachte, ich hätte eine Kakerlake gesehen. Da irgendwo«, unmotiviertes Deuten in Richtung des Wohnzimmers. »Und die hasse ich ja, das sind echte Monster«, dieses nervöse Lachen. Kay glaubt natürlich kein Wort, sagt dennoch: »Aha«, und dann: »Kann ich, brauchst du Hilfe?«

»Beim Broteschmieren?«

»Auch.«

»Das geht schon. Ich komm schon klar, ich mach das jeden Abend«, nervöses Lachen und der Griff in die Frisur.

»Soll ich schon mal den Tisch decken?«, fragt Kay und schaut auf den Scherbenhaufen meines Geschirrs. »Also, oder ich hol schnell Plastikteller? Ich habe doch auf dem Weg hierher einen Supermarkt gesehen, da kann ich doch schnell …«

»Ja, also nein, lass mal, danke. Ich habe für die Kinder sowieso Plastikgeschirr. Siehst du. Das hab ich zwar auch geschmissen, aber das tut dem nichts. Darum hab ich es. Meine Kinder schmeißen schon mal ihren Teller runter.« Ich finde meine Worte selbst erbärmlich, doch Kay sagt nichts, zieht nur die Plastikteller aus dem Scherbenhaufen und wäscht sie gründlich ab. Ihre Hände, ihre Finger, im Vergleich zu meinen so zart, ich bin die mit den Männerhänden.

*

Ich stelle die Plastikteller an die Plätze auf dem Tisch, von denen ich denke, sie sind von Kindern besetzt. Vielleicht, weil hier Apfelsaft festgetrocknet ist, vielleicht aber auch, weil es die zwei Plätze sind, die man von dem dritten aus am besten erreicht, um zu helfen, zu schmieren oder aufzuwischen. Und ich habe recht, die zwei blonden Mädchen setzen sich so, oder vielleicht setzen sie sich auch immer einfach dorthin, wo die Teller stehen. Wieder setze ich an zu gehen, frage mich, warum ich überhaupt noch hier bin statt in meinem Büro, Tonaufnahmen hören, fremden Sprachen lauschen, warum lausche ich plötzlich der mir neuen Sprache der Kinder?

Ich finde Kinder nur an einer Stelle faszinierend, nämlich im Mund- und Rachenraum, dort, wo sie Töne produzieren und theoretisch alle möglichen Laute aller nur denkbaren Sprachen der Welt bilden können, bis sie nur eine Sprache lernen und die immer, bei allen Kindern, vorhandene Anlage im Sprachrohr für das Bilden der unnötigen Laute dieser einen Sprache verloren geht. Ein Verlust für immer.

Und doch sitze ich noch hier in diesem Wohnzimmer voll Kinderspielzeug, sehe den dreien beim Essen zu und sitze noch hier, als zwei der drei in ihren Betten liegen und Valentina die Weinflasche auf den Tisch stellt.

»Ich hoffe, du magst rot und trocken«, sagt sie und lächelt mich an. Setzt sich zu mir, Öffnen der Flasche mit einem Handgriff. Sie trägt jetzt eine schwarze Leggins unter dem Kleid, die bis kurz über die Knie reicht, und wieder dieses Tuch, im selben Weinrot. Ihr Mund zeigt ein Lächeln, ihre Augen nicht.

Ich trinke ein Glas, sie zwei. Ich rede nicht viel, sie auch nicht. Wir starren auf den Fernsehbildschirm, beide froh, nicht allein zu sein.

»Warum hast du jedes von Katjas Büchern?«

»Es sind meine Bücher.«

»In allen steht ihr Name drin. Ist ihr Autogramm drin.«

Sie sieht mich an, zieht einen Zettel zu sich heran und schreibt »Katja Sziboula« in derselben schönen Schrift, mit dem geschwungenen S.

»Jede Lüge kreiert eine Parallelwelt, Kay. Eine Welt, in der diese Lüge wahr ist. Manchmal brauchen wir die Lüge, um weitermachen zu können. Manchmal brauchen wir Parallelwelten, um weitermachen zu können. Und dann kommt der Punkt, an dem brauchen wir sie nicht mehr. Dann können sie untergehen, die Parallelwelten, und alle Menschen, die in ihr lebten, sterben. Darum ist Katja tot, Kay, und du weißt das.« Sie spricht in den Raum hinein und lächelt.

Irgendwann dreht sie sich zu mir und sieht mich an, zusammengekniffene Lippen, und scheint zu überlegen. Steht auf und kommt mit dem Laptop zurück.

*

»Ich logge mich jetzt bei kaufmich.com ein«, sage ich, ohne wirklich sicher zu sein, das wirklich zu wollen. Trinke das dritte Glas Wein in einem Zug halb leer. Tippe die Buchstaben ins Adressfeld. Niemand kennt dieses Profil bisher, niemand aus meinem Leben, alle Menschen darin sind aus der anderen Welt, die Kay niemals betreten sollte, ich zeige ihr all das nun trotzdem, finde die Tasten automatisch, trotz des Alkohols in meinem Blut und vielleicht gerade deswegen. Kay sitzt völlig still auf der Couch und sieht mich an, auch leicht betrunken. Scheint den Sinn der Seite noch nicht verstanden zu haben. Der Weg zu den Videos in meinem Profil führt über die neuesten Nacktbilder, aufleuchtende Chatfenster und Bewertungsseiten, vergebene Sternchen für mein Verhalten im Kontakt. »Hält gut dagegen« ist die neueste Fünf-Sterne-Bewertung ganz oben. Kay ist vollkommen still, die Augen bewegen sich schnell hin und her, vom Gesicht zu den Brüsten zurück zum Gesicht, dann sieht sie mich an und glaubt es noch immer nicht.

»Was bist du? Ein Pornostar?« – Fragen, um etwas gefragt zu haben.

»Sieht das nach Star aus? Ich biete mich hier an, aber darum geht es nicht, das ist nicht das, was ich dir zeigen will, sondern das, sieh hier«, sage ich und klicke auf das Video, auf dem alle mich zu sehen glauben, von dem ich weiß, das ist es nicht. Und auch Kay sieht es sofort, sieht, ihre Panik ist echt, ihre Angst, das Sich-Wehren und Schreien, zu Beginn. Irgendwann wird die Frau in dem Video vollkommen ruhig, die Frau in dem Video bewegt sich nicht mehr, starrt vor sich hin mit weit aufgerissenen Augen. Der Mann auf ihr lächelt und schnauft, mit seinen Händen drückt er ihre auf den Betonboden, sein Körper ist doppelt so schwer wie ihrer. Es scheint endlos zu sein, dieses Video, diese Katja dort bewegt sich noch immer nicht, nur ihre Augen schreien, der Mund auch, aber stumm. Und irgendwann steht er auf und spuckt auf sie, sie zuckt ganz leicht, dann ist sie ein Embryo. Mit den Armen umfasst sie die an den Körper gezogenen Beine, das Gesicht zwischen den Knien, so liegt sie da und wartet, doch nichts passiert und aus.

»Was war das?«, fragt Kay und starrt auf den schwarzen Bildschirm.

»Mein Mann hat mich oft zum Schein vergewaltigt«, sage ich, lache hohl, traurig, zum Schutz, vollkommen zynisch, und schaffe es nicht mehr, die Worte zurückzuhalten. All die Jahre, in denen ich nichts gesagt habe, weggewischt in nur einem Moment, in dem ich war, mich verhielt und dachte wie meine Mutter. »Sehr oft sogar, zum Spaß. Als Rollenspiel, oder wenn ich halt nicht wollte«, setze ich hinzu. »Und das gefilmt. Und hier online gestellt. Gegen Geld. Und als Werbung für mich, die Nutte. Es gibt viele Ichs. Und weißt du, Kay, an diesem Tag, als das da passiert ist, hat er auf mich gewartet. Auf mich. Er dachte, Katja bin ich. Aber ich habe damit nicht gerechnet, also ist Katja gekommen.«

»Das hast du auch neulich an unserer Tür gesagt.«

»Du hast mich gefragt, ob ich traurig bin, dass Katja tot ist. Weißt du das noch?«, frage ich, als sei es Jahre her, und merke nicht, dass ich lallend spreche und schon längst nicht mehr kontrollieren kann, welche Worte meinen

Mund wirklich verlassen. Ich sehe das Nicken von Kay, den besorgten Blick.

»Ich bin froh, Kay. Froh. Dass sie dieses Mal das Opfer war. Dass er jetzt im Gefängnis sitzt und ich endlich frei bin, Kay. Frei. Ich bin so froh. Es tut mir leid. Katja ist weg. Ich brauche sie nicht mehr«, und das meinte ich ernst. Endlich wahre Sätze, endlich endlich, ich sinke in mich zusammen, zu viele wahre Sätze in den letzten Stunden und ich merke nicht, dass ich all das sagen konnte, ohne vorher zu zählen, bis drei.

»Du hättest ihn doch einfach verlassen können«, sagt Kay, beneidenswert selbstsicher. »Du hättest gehen können. Du hättest das nicht mit dir machen lassen müssen. Es gibt Frauenhäuser. Es gibt die Polizei, es gibt, es, Katja hast du geopfert? Absicht? Du hast sie? Es gibt doch die Polizei, Valentina, warum. Es gibt.« Und sie weint.

Missbrauch hat viele Formen. Und das Perfide am Missbrauch ist, dass du ihn selbst nicht bemerkst. Manchmal braucht es da ein zweites Ich, um dein wirkliches zu sehen, um zu sehen, dass du gar nicht glücklich bist. Dass dir all das gar keinen Spaß macht, obwohl dein Gegenüber sagt, es ist gut, wie es ist. Dass das gar nicht das ist, was andere als normal ansehen. Und wenn du es dann endlich siehst, du merkst, dass du missbraucht wirst, als was auch immer, dann ist »einfach« das Letzte, was es ist.

Einfach gehen. Einfach nein sagen. Einfach erkennen, dass Gewalt keine Liebe ist, auch wenn Gewalt die Liebe ist, die du gelernt hast.

Ich dachte, Sex ist etwas, das man aushält, bis der andere sich zufrieden von einem runterrollt.

Ich dachte, Sex ist etwas, das wehtun muss.

Ich dachte, Sex ist etwas, wofür die Frau gemacht worden ist.

Ich dachte, Sex ist etwas, das einem seinen Wert zumisst.

Ich dachte, Sex ist etwas, das mit Gewalt zu tun haben muss.

Ich dachte, Sex ist etwas, das mit Abwertung zu tun haben muss.

Missbrauch hat viele Formen, nur eine nicht: Leichtigkeit.

»Kay, hast du die tote Katja am See wirklich gesehen? Erinnere dich!«

»Nein. Nein, habe ich nicht. Ich habe mir nur gewünscht, sie ein letztes Mal gesehen zu haben. Ich war nicht da.«

»Es war einfacher, dich selbst zu belügen, du hättest versucht, sie zu retten, nicht wahr?«

»Ich war im Seminar. Ich hab meine Studenten, die, ich war nicht da. Wie soll ich damit leben?«

»Wir beide, Kay, wir brauchen Katja nicht mehr. Wir sind angekommen.«

*

Angetrunken durch die Nacht wandern, wann habe ich das das letzte Mal gemacht? Doch, an dem Abend, als wir uns kennenlernten, an dieser Bushaltestelle. Als wir beschlossen, uns den Ärger im nahen Club vom Körper zu tanzen und dann doch draußen standen, mit dem Bier zu Studentenpreisen in der Hand, und uns unterhielten. Weißt du noch, Katja? Ich sehe es vor mir, wie wir dort standen und wussten, wir müssen uns wiedersehen. Und ich bin nach Hause gelaufen, leicht wie eine Feder, ins nahe Studentenwohnheim.

Heute fühle ich mich dagegen schwer und ungelenk, das bisschen Wein im Blut ist wohl kaum der Grund. Ich sehe dich vor mir, ein fröhliches Lachen, als wir uns kennenlernten, dein leerer Blick, als du am Boden lagst. Die beiden Katjas überlagern sich in meinem Kopf, werden eins, dann wieder zwei und am Ende sind alle Bilder so verzerrt, dass keins mehr Wahrheit ist.

Wie spät ist es jetzt, Katja? Die Straßenlaternen erleuchten die Stadt, als sei es Tag. Ich sehe in den Himmel hinauf und sehe keine Sterne, so hell ist es um mich. Zu Hause, auf dem Hof meiner Mutter, brannten in der Nacht nur ein paar wenige Lichter, vielleicht auch nur Kerzen, und es schien nur der Mond. Ich saß oft vor dem Haus und sah in die Sterne, die wirkten, als könnte ich sie greifen, und doch waren sie fern wie nichts anderes sonst. Sie beruhigten mich, die Sterne. Meine Mutter erklärte irgendwas von Göttern und Bildern und Zeichen und Zukunft, doch ich sah nur das Leuchten und dachte, wie schön, dass da etwas ist, das nicht erklärt werden muss, einfach ist und noch dazu wunderschön.

Die fehlende Sichtbarkeit der Sterne heute, der Alkohol in mir und dein Fehlen führten plötzlich zu Heimweh, einem Gefühl, das ich eigentlich nicht kannte. In diesem Moment wünschte ich mir nichts mehr, als unter diesem Mangobaum zu sitzen, in die Sterne zu schauen und dich nie gekannt zu haben, ich hätte diesen Schmerz nie gefühlt.

Irgendwann stehe ich vor unserer Tür, steige die Treppen hinauf und merke nicht, dass ich mich sofort auf deine Seite des Bettes lege. Dass ich mich in deine Decke wickle, ganz fest, als hieltest du mich. Schon im nächsten Moment, so erscheint es mir, piept der Wecker in meinem Smartphone und das Bild von dir zwischen den Sternen in meinem Kopf löst sich auf, ganz langsam, doch stetig, und nun kriecht die Sonne durch die Lamellen unseres Rollos ins Zimmer. Ich drehe mich um, treffe das Telefon und es verstummt, lässt mich in der Ruhe zurück. Mein Blick hängt am Stuck an der Decke, ich verfolge die Ornamente, die sich immer wieder wiederholen und einmal rund ums gesamte Zimmer schlängeln. Ich rolle mich aus dem Bett und schaue aufs Smartphone. Seit gestern Nachmittag, als ich das das letzte Mal tat, sind 23 E-Mails angekommen. Die Prüfungszeit steht vor der Tür, Studenten stellen Fragen, kümmern sich nicht um das Leben oder Nicht-Leben der Professoren und wollen Antworten, legitim, so war ich ja auch. Also aufstehen und feststellen, dass ich noch immer meine Jeans trage, das Hemd von gestern, nur nicht die Schuhe. Während ich dusche, kriecht der Kopfschmerz in mich hinein, die unterschwellige Übelkeit und immer wieder die Erinnerung an dieses Video, diese Augen und Valentina, die weinte, als ich ging.

Als ich mein Fahrrad abschließen wollte, merkte ich, dass es nicht da war. Es stand wohl noch immer vor Valentinas Haus, so ein Mist. Also nahm ich Katjas und fuhr los, die Straße entlang, die seit Jahren von immer mehr Autos befahren wird, am dunkelgrünen Zaun des Park Sanssouci, bis zur Universität am Rand der Stadt. Ging direkt in den Seminarraum, ohne Stopp im Büro, merkte kaum, dass ich mir unterwegs einen Kaffee im To-Go-Becher geholt hatte, als spielte ich, Katja zu sein. Verstehe diesen Hype um gemahlene Bohnen nicht. In Südafrika gibt es Tee von der Plantage nebenan, oder Instantkaffee importiert von irgendwoher, da fiel die Wahl leicht und dabei bin ich geblieben. Außerdem hasse ich den Geruch, der gehört zu Menschen, die reicher sind als du, jetzt liebe ich den Geruch, denn er gehört zu Katja, die glaubte, ich hätte nicht gewusst, dass sie Kaffee trinkt, aber vielleicht glaube nur ich das.

Jetzt trinke ich den Kaffee und spüre einen Teil des Kopfschmerzes verschwinden und lächle freundlich die Studierenden an. Volle Seminare bis zum letzten Tag, das können nicht viele Professoren von sich behaupten. Ich sehe die jungen Menschen an, die eigentlich kaum jünger sind als ich, und finde meine Selbstsicherheit wieder, ein Stück heile Welt, wo sonst alles zerbricht. Der Student mit dem in die Hose gesteckten Hemd sitzt hinten an der Wand wie immer, irgendwie sitzen alle Studenten in jedem Seminar wieder auf ihrem Platz, obwohl es keine Sitzordnung gibt, und sehen mich erwartungsvoll an.

*

Manchmal verkleidet sich das Monster als mein Vater.

*

Warum sitze ich in unserem Kleiderschrank, Katja? Warum hoffe ich hier darauf, dich zu finden, was ist los mit mir, mein Kopf, mein Denken, meine Worte, mein Ich waren mir immer so wichtig, ich löse mich auf, ich glaube, ich löse mich auf, Katja, war ich eigentlich je hier?

*

Der Vater, der Vater, der Vater und die Mutter sind an mir schuld.

*

Was ist Schuld, Katja? Ist Valentina schuld an deinem Tod? Ich glaube nicht. Warst du eigentlich je hier?

*

Jetzt übernimmst du, wenn du schon durch meine Augen weinen musst, dann komm jetzt vor und sei auch mal dran.

*

Dich hat es doch nie gegeben, Katja, vom ersten Moment an warst du tot. Lügen kreieren Welten, mögliche Welten, mögliche Leben, Leben, die andere Leben schützen, wer soll das verstehen?

*

Und immer, während ich sprach, zeichnete ich das Bild meines Vaters, für das er mir die Stifte gab, und merkte nie, die Schablone passte auch auf das Monster, nur der Inhalt war anders.

2

WO NUR IST DIE TÜR?

Valentina

Immer wenn ich auf irgendeinem Boden liege, mein Mann, oder irgendein Mann, auf mir, suche ich meine innere Tür, durch die ich gehen und mich retten kann. Diese Tür entstand, als ich noch ein Kind war, als irgendwer durch meine Zimmertür kam, ging ich durch meine innere Tür und musste nicht erleben, was der Körper erlebte. Dieser Mann auf mir merkt dann gar nicht, dass ich nicht mehr hier bin, sondern hinter der Tür in meinem inneren Zimmer, das voller Bücher ist und strahlt. Die Bücher, bis unter die Decke in hohen Regalen sortiert, sind meine Türen in Tausende Welten, zu Tausenden Menschen, die alle besser, klüger und mutiger sind als ich. Doch irgendwie, ich weiß nicht wie, verlor ich mit den Jahren den Pfad zu meiner Tür. Sie ging nicht mehr auf, war aus den Angeln gefallen oder schlicht verschwunden, ich konnte nichts tun. Musste erleben. Katja tat es für mich.

Wir erlebten und konnten nicht gehen, kein einfaches: Jetzt ist sie tot, jetzt ist er weg, dieses Mal betraf es zwei.

Die Männer, sie füllte es aus, mich höhlte es aus, immer weiter und weiter und nun ist sie weg, meine Tür, und ich bin vollkommen leer.

Irgendwann kommt der Punkt, an dem geht es nicht weiter, an dem hält man nicht mehr aus, an dem kommt alles zu dir und plötzlich fühlst du den Schmerz und die Scham und den Hass und die Angst. Vor allem die Angst. Und du zuckst, wenn die Haustür sich öffnet, und zuckst, wenn der Mann neben dir im Bett sich dreht, und zuckst, wenn du eine Hand auf der Schulter spürst, und zuckst, wenn die Sonne aufgeht, der Wind weht, die Blumen blühen, die Welt ist. Und du hast keinen Weg, siehst kein Ende, nur einen Ausweg, und dann. Dann bist du eine Mörderin, weil du dich retten willst, nicht wusstest wie, nur dem Hass erlagst und glaubtest, du hättest es verdient, frei zu sein. Die Freiheit von mir kostet die Freiheit von dir, mein Leben für deins, so geht das Spiel, so hab ich es gelernt. Ganz einfach. Und du warst nicht die erste.

Katja, ich brauche dich nicht mehr, dein Leid, deine Qual, sie waren zu viel, ich bin sicher, du bist froh, wo du jetzt bist, nicht mehr in mir, kein Teil mehr von mir, du bist jetzt weg, es gab dich nie, nie, nie, kein Teil mehr von mir, ich brauch dich nicht mehr, ich will dein Leid nicht mehr, die Tür zu dir ist nun endgültig zu.

Der Vater, dein Vater, der Vater, dein Vater, war nie ein Vater, du nie seine Tochter, du hast nie den Vater gesehen.

*

Katja

Manchmal durfte ich sein, ja ja, manchmal hab ich gelogen. Unzuverlässig. Wer spricht?

Vielleicht habe ich, ohne es zu wissen, das Wichtigste nie erlebt. Vielleicht hab ich den Vater nie gesehen.

Ja, ja, manchmal hab ich gelogen.

Unzuverlässig.

Was machst du da?

Sei still.

Was machst du denn da, ich will das nicht.

Bitte, sei still. Sei still und mach deine Augen zu, ganz fest zu, siehst du jetzt?

Was machst du da?

Sei still, bitte sei still.

Manchmal durfte ich sein, es war schrecklich.

Vielleicht habe ich, ohne es zu wissen, die Welt nie gesehen.

Ich glaube, ich weiß, ich bin sicher, nicht ich hab gelogen, du hast gelogen, du bist der Lügner, nur du nur du nur du bist der Lügner, vielleicht habe ich nie die Lüge verstanden.

Sei still, bitte sei still.

Deine Hand auf meinem Rücken, sie streicht über meinen Rücken, dein Schnaufen, Schnaufen, dein Atmen, dein Gesicht, ich sehe dein Gesicht, dein Schnaufen, und ich fange an zu weinen, sei still, sagst du, ich weine, ich sehe dein Gesicht, es ist komisch, komisch, tut dir was weh, tu ich dir weh, mache ich etwas falsch, ich tue dir weh, du schnaufst, deine große Hand auf meinem Kinderrücken, du schnaufst, dein Gesicht, ich tue dir weh, ich will das nicht.

Vielleicht habe ich nie verstanden, was wirklich ist. Was ist. Wer du bist. Was das ist. Nicht ich. Ich bin nicht. Ich bin vor der Tür. Immer nur dann. Sonst ganz allein.

Der Vater, der Vater, der Vater ist das Kostüm für das Monster und ich habe, ohne es zu wissen, das Wichtigste nie gewusst. Aber jetzt, jetzt darf ich gehen, jetzt ist es vorbei, jetzt darf ich gehen.

TEIL III

1

BEWEGUNGSLOS

Valentina

Von Britney Spears hatte ich so gut wie jede CD. Ich legte sie in meinen CD-Spieler, wartete die ersten Akkorde ab und begann, mich vor dem Spiegel an meinem Kleiderschrank zu bewegen. Mich selbst betrachtend. Meinen Bewegungen folgend.

Ich hatte die Musikvideos im Kopf und bildete mir ein, zu tanzen wie sie. Die Haare zu zwei Zöpfen geflochten, versank ich vor dem Spiegel und sah mich selbst als Britney Spears. Tanzen. Ich träumte davon, Britney zu sein. Ein Star zu sein. Berühmt zu sein, und tanzte. In meinem Zimmer, im Haus meiner Familie, vor dem Kleiderschrankspiegel.

Als Jugendliche beschäftigte ich mich sehr ausgiebig mit dem Wunsch, berühmt zu sein. Saß stundenlang vor dem Fernseher, schaute abwechselnd VIVA und MTV und sah diese glitzernden Menschen. Ich sang in meinen Kassettenrecorder, schnitt die ins Deutsche übersetzten Texte meiner Lieblingslieder aus der Bravo aus, dort gab es immer eine Rubrik mit diesen übersetzten Texten, sang Cher »Ich glaube daran«, war mir sicher, niemand würde merken, dass der Liedtext kein von mir erfundener war, und besang meterweise Kassettenbänder. Schickte sie mit einem Foto von mir mit geflochtenen Zöpfen in einem Briefumschlag an irgendwelche Adressen in den USA, die ganz winzig klein im Inneren der CD-Booklets standen, und träumte mich auf die Bühnen der Welt. Weg von hier, hinein ins Glitzern, gesehen werden.

Jedes Mal, wenn ich sang, oder tanzte, ging meine Zimmertür auf, lachte eine meiner großen Schwestern mich aus und schnauzte mich an, leiser zu sein. Nicht so dämlich zu sein. Nicht so peinlich zu sein. Ich tanzte ohne Musik weiter, sie ist ohnehin in meinem Kopf, in meinem Bauch. Ich war dreizehn Jahre alt und tanzte ohne Musik zu Britney Spears vor meinem Kinderzimmerspiegel und war ganz sicher, bald die ganz großen Hallen zu füllen, bald bewundert zu sein, gesehen zu werden, hier weg zu sein, weit weg. Und dann saß ich da, bewegungslos am Abendbrottisch, wir lauschten den Geschichten der Mutter, die redete, weil sie die Stille nicht ertrug. Redete und erzählte, von sich und der DDR, von ihrem Abenteuer auf der Glienicker Brücke, von dem Abend, an dem sie auf der Seite im Osten ins Wasser ging, das Wasser mit den Händen über ihren Kopf hob und an sich herunterlaufen ließ, das Wasser, das sie sich auf die Haare schüttete, in das sie abtauchte. Sie erzählte so gern von dem Tag, an dem sie den Osten von sich wusch, mit Havelwasser, und schwamm. Im Dunkeln, immer parallel zur Brücke, sie glaubte, Rufe zu hören, und schwamm. Sie erzählte, wie ein Boot dicht hinter ihr vorbeifuhr, sie die Bugwelle spürte, sie erzählte, wie sie langsam die Kraft verlor, aber schwamm. Immer weiter, bis an die andere Seite. Bis zur morastigen Seite des Westens. Das Ufer voller Schilf, in dem Enten nisteten. Der Boden schlammig, dass sie bis zu den Knöcheln einsank. Und sich ins Gras schleppte und liegen blieb. Unter den Sternen, in der Stille. Sie machte das, erzählte sie, weil sie Renée suchen musste. Ihr Kind, das nicht mehr da war, das ihr genommen war und das ganz sicher dort war, wo man frei sein konnte. Sie musste es suchen. Renée suchen. Ihr Kind, von dem sie sich heute einredete, es sei tot, um das Fehlen zu ertragen, das Kind, von dem sie gestern wusste, es war ihr genommen worden und musste irgendwo sein.

Diese immer gleichen Geschichten meiner Mutter, über dieses eine fehlende Kind, das offenbar mehr fehlte, als wir anderen drei anwesend waren, erzeugten in mir den Wunsch, dieses Kind zu sein. Objekt der Liebe meiner Mutter und gleichzeitig fern von hier, ich wollte Renée sein und ich begann, in meiner Vorstellung immer öfter Renée zu sein.

»Sogar einen Artikel hat es über mich gegeben«, sagte meine Mutter stets am Ende ihrer Geschichte, gezeigt hat sie ihn uns aber nie, diesen Artikel. »Eine Zeitlang war ich berühmt!«, sagte sie und erwartete Bewunderung. Zustimmung, Selbstwertsteigerung. Wir waren nie ihre Familie, wir waren schon immer vor allem ihr Publikum.

*

Katja

Die Tage, an denen ich dreizehn war, vergingen bewegungslos, und das war gut. Ereignislos. Problemlos. All diese Kindheitsjahre hinter mir schienen weit weg. Nie passiert. Ich hatte plötzlich ein eigenes Zimmer mit gelben Wänden, auf denen eine grüne Bordüre angebracht war, mit einem Bett und Möbeln, und komisch, dass ich das überhaupt erwähnenswert finde. Sie waren weiß, die Möbel, mit feinem Lack lackiert. An einigen Stellen hatte ich mit Tesafilm Zeichnungen angeklebt oder aus Magazinen ausgeschnittene Bilder von Landschaften, Wäldern, Meeren, unendlichen Weiten.

Diese Eltern, die mich aus der Suchtklinik abgeholt hatten, waren sehr normal, freundlich und fair. Es lebten noch zwei andere Kinder im Haus, Jungen, schon größer, schon älter, es gab kein Problem, ich trank auch nicht mehr und besuchte ab und zu Martha und Ulrich an ihren Gräbern. Und ich mochte Musik. Punkrock und Metal. Aber heimlich, sie kontrollierten den MP3-Player nicht. Das ist Krach, sagte die Mutter und schaltete ihren Radiosender Paradiso ein. Das schürt Aggressionen, sagte der Vater und ich weiß bis heute nicht, was er eigentlich für Musik gehört hat. Die

Jungen machten Sport, Robert Fußball, Johannes irgendwas mit Kämpfen, ich durfte Gitarre lernen. Es waren bewegungslose Jahre, gute Jahre, Jahre, in denen ich mich gern erinnerte, an Martha und Ulrich, an Sandra und die Tage, an denen ich so voll gewesen war, dass ich nicht mehr wissen musste, wer ich war. So wie heute, so wie hier, in dieser Familie, hier konnte ich auch kurz vergessen, wer ich war, mal gewesen bin, woher gekommen, mit dreizehn hat es aufgehört, furchtbar zu sein, mit dreizehn habe ich Brüste bekommen und war nur einen Teil der Zeit ich selbst, das war gut, ich hörte viel Musik. Ging oft in den Wald, in die Schule, und begann, alle möglichen Hefte vollzuschreiben. Notizbücher mit hübschen Einbänden, die die Mutter mir mitgebracht hatte, ich schrieb Tagebuch vorn rein, doch nichts von dem, was drinstand, war mir auch wirklich passiert. Es war voller Geschichten, von zwei großen Schwestern, von einer Brücke, von Stille am Morgen und dem Geruch nach Alkohol. Ich schrieb, während ich Musik hörte, Dead Can Dance und Suicidal Tendencies, nannte es Tagebuch, doch blieb nie bei der Wahrheit. Keine Ahnung, woher all diese Geschichten kamen, all diese Bilder in meinem Kopf, mein Kopf, in dem immer neue Bilder auftauchten, die nicht zu mir zu gehören schienen, Bilder, die so nah waren, als täten sie es doch. Ich schrieb sie alle auf. Verbrannte die Seiten und hörte Musik. Und ich trank nicht mehr. Eine Kindheit ohne Alkohol, mit Ruhe und Bewegungslosigkeit und Geschichten und Bildern in meinem Kopf und viel Musik, aber jeder für sich, und das war gut.

*

Kay

Ich erinnere mich an keinen Tag meiner Kindheit und Jugend, an dem keine Musik um mich herum zu hören gewesen wäre. Von irgendwoher kam immer Musik, vom Hof nebenan, aus dem vorbeifahrenden Bus, von den Händlern auf dem Markt, den singenden Kindern hinterm Haus. Das Leben funktioniert doch nur mit Musik, das Leben hat einen Rhythmus, es schwingt, und ich sang stets mit. Auch bei uns auf dem kleinen Hof, zwischen den Hühnern und Töpfen, der Feuerstelle und dem kleinen Schuppen, spielte immer Musik. Manchmal kamen Kinder zu uns und fingen an zu tanzen, meine Mutter tanzte mit, meine Schwestern tanzten mit, irgendwo spielte immer Musik, man musste sie nur hören, den Rhythmus nur wahrnehmen wollen. Er ist im Wind, der durch die Häuserschluchten weht, in den Blättern der Palmen und Büsche. Er ist im Rauschen des Meeres, der Wellen, die auf den Strand branden, im Tönen der halb geschlossenen Muscheln. Er ist im Hupen der Autos, im Brummen der sich überlagernden Gespräche, dem Rufen der Marktfrauen, dem Lachen der Kinder, er ist im Singen der Vögel, im Klappen von Türen, im Kratzen der Strohbesen über trockenem roten Sand. Er ist im Fallen des Regens auf heißen Beton, im Schmatzen der Füße beim Gehen durch Matsch.

Er ist im Knistern des Feuers, im Blubbern des kochenden Wassers, im Knacken von Knochen und im Hühnergeschrei vor dem Schlachten. Dieses Leben, es ist voller Töne, überall Töne, jedes Wort, jeder Satz eine Reihe von Tönen, denen wir Bedeutung gegeben haben.

Alles bedeutet, was wir ihm an Bedeutung verleihen. Und so sind auch die Worte, so ist auch die Sprache, so sind auch die Sprachen soziale Systeme, viel mehr als Laute, die Sprache bin ich. Jedes Wort, das ich wähle, sagt mehr über mich, als das Wort an Bedeutung mitbringt, jede Intonation eine Offenbarung. Wir verstehen auch Menschen, deren Sprache wir nicht können, wir missverstehen auch Menschen, deren Sprache wir sprechen, im Grunde sagt jeder Mensch mit dem, was er sagt, am meisten aus über: sich selbst.

Ist all das für sie Musik, oder Krach?

2

ZERSTÖRTES PARADIES

Mutter, Vater und zwei Kinder, vielleicht auch drei, warum nicht, oder auch nur eines, aber das war Familie, so ist es, um jeden Preis, das Wichtigste. Steck zurück, gib dich hin, gib dich auf, aber hat nicht auch schon deine Mutter für dich das Gleiche getan, damit du sein kannst, wer du bist?

Ich sitze mit Nele und Lene am Frühstückstisch. Sie trinken Kakao, es ist erst sieben, ich trinke Kaffee, in mir herrscht Ruhe. Nele redet vor sich hin, ihre Stimme erfüllt den Raum, Lene schmatzt, Nele schlürft, beim Reden und Trinken, ich bin ruhig und sehe von einer zur anderen. Vor dem Fenster scheint die Sonne, die Trauerweide schaukelt ihre Äste hinter der Scheibe sanft hin und her und ich bin ruhig. Auch als die Kinder in der Kita sind, mit frisch geflochtenen Zöpfen, einer links, einer rechts, in den gleichen Kleidchen, beide gelaufen, bin ich noch ruhig, innerlich, und sicher, ganz sicher. Und putze die Wohnung. Das Bad und die Küche. Schmeiße den Rasierer meines Mannes in eine Tüte, die Zahnbürste auch und die Cremes. Alles weg, aus meinem Sichtfeld. Ich putze das Schlafzimmer, ziehe Kleidung aus den Schränken, stopfe in Müllsäcke, diese großen blauen, alles weg, aus meinem Sichtfeld. Ab in den Keller. Stehe neben dem Bett und betrachte die Matratze. Den Ort, an dem er mir im Schlaf von hinten um den Hals fasste und zudrückte, bis ich aufwachte und Lust zu haben hatte. Die blauen Flecken am Hals nahm er in Kauf, sonst passte er auf, dass er nur Stellen verletzte, die man nicht sah. Hämatome am Bauch, am Rücken, der Brust, unsichtbar mit Kleidung, ich gab Acht auf mein Tuch um den Hals. Das Bett muss ich loswerden. Jetzt stopfe ich erstmal die Decken und Kissen in Säcke und vertraue darauf, dass auch diese Verletzungen heilen. Wie die Wunden auf meinem Kopf, unter den Haaren, den Schnitten mit der Rasierklinge durch die Kopfhaut, auch die sah man nicht, aber ich spürte sie jeden Tag und darum ging's, sich zu spüren. Den eigenen Körper wahrnehmen zu können, das war das Ziel, zurückzukommen aus dem Raum hinter der Tür im Kopf. Doch wie die Schnitte verheilt sind, so verschwindet auch das Gefühl für sich selbst immer wieder, bis heute, bis hier, ich bin da und lache innerlich. Über den Mann im Gefängnis, der mal mein Ehemann war, über den Vater im Grab, der mal am Leben war, ich lache, denn sie sind nicht mehr hier, in mir, ich behalte nur ihre Abbilder von sich selbst, an die ich so lange geglaubt habe. Ihre Konstruktionen von sich, ihre Pappfiguren, das, was die Welt von ihnen sah, wie die anderen, die sie nicht kannten, sie sahen, die guten Seiten, die starken Seiten, die freundlichen Seiten, die behalte ich für mich. Es gibt das Bild meines Vaters, und es gibt meinen Vater. Es gibt das Bild meines Mannes, und es gibt meinen Mann. Und wir alle wollen nur an die Bilder glauben und erlauben so alles andere. Weil gar nicht sein kann, was nicht sein darf.

Ich nehme Bilder von den Wänden im Wohnzimmer, Fotografien der Tage, an denen wir uns kennenlernten, an denen er noch aufmerksam war, mich mit Zuwendung überschüttete, wertschätzte, mich umwarb und dann begann, Stück für Stück seine Liebe zurückzuziehen, bis ich bereit war, mich so zu verstellen, wie ich sein sollte, um sie wieder zu verdienen. Bis ich bereit war, genau das zu tun, was er wollte, um sie zu bekommen. So macht man das, wenn man andere manipulieren will. Die Erinnerung an glückliche Tage als Trugbild, das man erreichen will, wofür man alles von sich hergibt, sich benutzen und verbiegen lässt, um zu bekommen, was man einst zu haben glaubte und zu brauchen meint. Und der andere sagt, mein Verhalten ist doch völlig normal, was ich tue, ist richtig, du bist das Problem, zu empfindlich, zu verklemmt, verstehst alles falsch, natürlich war nichts von alledem so gemeint. Nie hat er etwas falsch gemacht, immer war ich die Hysterische. Also sei weniger so, und mehr so, wie ich dich will, und dann ist doch alles gut, dann kommen wir klar. Doch der Mensch, jeder Mensch, ist mehr wert als das, lieb mich so, wie ich bin, oder gar nicht, und jetzt hänge ich neue Bilder auf. Jetzt sitzt du im Gefängnis und ich bin dich los und brauche all meine anderen Leben nicht mehr, ich brauche die anderen Räume nicht mehr. Ich hänge billige Nachdrucke von Monet an die Wände, aber immerhin, endlich Kunst, das hat er nie gewollt, jetzt ist alles hier meins. Ich erweitere meine Welt, aus mir selbst heraus, in meine Umgebung hinein. Es ist meins. Das bin ich. Noch nicht einmal gezählt habe ich, kein eins zwei drei, Valentina mit ungewaschenen Händen. In Erde, im Blumentopf vor dem Haus. Reiße die verdorrte Pflanze heraus und schmeiße sie weg. Alles Verdorrte kann endlich weg und ich bin ruhig. Und bin frei, fühle mich frei, von Katja frei, von allem, was sie mit sich herumgetragen hat, es ist weg.

Als ich gerade 21 war, hatte ich einen Freund, einen Mann, der immerzu seine Finger an mir hatte, immerzu mit mir schlafen wollte, verliebt in mich war, doch ich konnte nicht. Ich erstarrte vor Angst, wenn ich seine Finger spürte, seine Berührungen und Küsse, seine Liebe machte mir unheimliche Angst. Irgendwann erzählte ich ihm, damals, als ich zwölf war, dieser eine Mann, nie hätte ich alles aussprechen können, im Erzählen war es nur dieser eine Mann, und er verstand und sagte: »Aber das ist doch nun so lange her, du musst das doch mal einfach vergessen.«

Schwamm drüber, vergiss doch mal und entspann dich endlich, ich tu dir nicht weh. Na los, na komm, es wird schon gut, ja ja, das gehört doch dazu, das macht man so, sonst kann ich bei dir nicht mehr bleiben.

Auch dieser Mann ist nun trotzdem weg, irgendwo verschwunden in meinen Erinnerungen. Ich wische jetzt den Küchenboden und sehe den feuchten Streifen nach, die der Lappen auf dem Linoleum hinterlässt.

Ganz zum Schluss reihe ich auf meinem Tisch im Wohnzimmer die Bücher auf. Geordnet in chronologischer Reihenfolge, lege ich sie nebeneinander und betrachte die Titelbilder. Sie sind nicht besonders schön, die Titel nicht sonderlich kreativ, aber sie sind von Katja, sie kommen aus diesem Raum hinter der Tür. Keines dieser Bücher ist ein großer Erfolg geworden, nur für das letzte hat es einen Preis gegeben. Seit heute, das hab ich im Radio gehört, steht es auf der Bestsellerliste.

*

Ich habe Katja nie tot gesehen. Habe nicht auf dem nassen Fleck gestanden und weiß auch nicht, ob man sich wirklich mit Steinen in der Manteltasche ertränken kann. Eigentlich war es Valentina, die mich anrief und sagte, sie sei tot. Nun ist der menschliche Geist in der Lage, sich immer selbst seine eigene Geschichte zu erzählen, nämlich die, die man rückblickend besser erträgt. Und dieses Video von Katja, diese gefilmte Vergewaltigung, diese Gewalt im Netz verkauft als Lustanregung, hat gezeigt, dass Katja noch lebt, sie ist nur nicht mehr da. Und ich bin wieder in meiner Wohnung und packe die Koffer, packe alles ein, was ich habe, was ich zu brauchen glaube, und bereite mich vor, auf meine Flucht, meine Rückkehr nach Hause. Nichts hier ist für mich da. Darum habe ich Katja gebraucht. Ich fühle mich fremd, ich fühle mich falsch, ich fühle mich angestarrt, angelacht, angemacht, ich fühle mich nicht zu Hause. Und ich habe mir so sehr gewünscht, irgendwo zu Hause zu sein, darum brauchte ich Katja. Ich habe gedacht, Professorin zu sein sei mein Zuhause, hochgebildet zu sein, gefragt zu sein. Doch zu Hause, das ist etwas anderes, das ist, wenn man sein Selbst nach außen lassen kann.

Und es klingelt an der Tür. Und ich lasse mich fallen, in meinen Sessel und niemanden rein. »Ich bin es, Valentina«, höre ich das Rufen und bleibe sitzen.

»Ich möchte dir noch etwas zeigen.«

»Ich bin gleich nicht mehr da«, rufe ich.

»Aber noch. Na komm, mach bitte auf. Ich habe etwas von Katja für dich.« Jetzt steht sie im Zimmer, wie schon vor ein paar Tagen, mit anderem Kleid, mit langen Ärmeln und diesem Tuch um den Hals bei dieser Wärme, und abblätterndem Lack auf den Fußnägeln. Ganz anders sieht sie aus als noch vor ein paar Tagen.

Sie hält mir eine Zeitung hin und lächelt mich an. Tippt auf die Seite und lächelt mich an. »Da schau, Platz fünf«, sagt sie und lächelt mich an. Auf der Bestsellerliste. »Das wusste ich schon«, sage ich. »Ihre Agentin hat angerufen. Tot verkaufen sich ihre Bücher plötzlich wie wahnsinnig, hat sie gesagt und klang glücklich.« Auch Valentina schien glücklich. »Das ist nichts Neues, das weiß man doch. Hier«, sagt sie und holt jetzt einen Stapel Papier aus ihrer Tasche. »Das ist das Manuskript, an dem Katja gerade gearbeitet hat. Ruf die Agentin an, du hast es in der Schublade gefunden, beim Aufräumen, dann habt ihr den nächsten Bestseller.«

»Nein danke, Valentina. Ich geh wieder zurück, nach Hause. Nach Südafrika. Mach du das doch, es ist dein Ding.«

»Südafrika?«

»Ja, die Stellenbosch-Universität hat mir schon letztes Semester angeboten, dort eine Professur zu besetzen. Das mache ich jetzt. Das Profil passt sehr viel besser auf meine Forschung als hier. Ich gehe zurück.«

»Ah, okay. Darf ich dann die Sachen im Büro mitnehmen?«

»Nimm, was du meinst. Es ist dein Ding. Das hast du doch genau so gewollt.«

*

Also packe ich alles ein. Die Recherchemappen, die Unterlagen, alles aus Katjas Büro, das ihr einst viel bedeutet hat, nehme ich mit und stapele es in mein Büro, das einst meinem Mann gehörte, nehme es ein. Stück für Stück, und breite mich aus, sortiere ein und hefte um, bis mein Handy klingelt.

»Ja?«, rufe ich hinein.

»Kriminalpolizei«, sagt eine Frauenstimme.

»Aha.«

»Sie sind Frau Zinnow?«

»So ist es.«

»Ihr Mann, Herr Zinnow, er wird wohl morgen entlassen. Niemanden kann man ewig in Untersuchungshaft halten, wissen Sie. Bis zu Prozessbeginn kommt er frei«, sagt die Stimme und klingt beinahe entschuldigend.

»Aha, aber nicht zu mir«, ich bin stolz auf diese Worte.

»Ja, verstehen wir. Das tut uns alles sehr leid, wissen Sie. Aber seine Meldeadresse ist nun mal auch Ihre. Und …«

»Er soll in seiner Kneipe schlafen, hier lasse ich ihn nicht mehr rein«, sage ich und lege auf. Schaue das Display an, auf dem neue Benachrichtigungen erscheinen. Von dieser App und jener, und plötzlich habe ich das starke Bedürfnis, den Computer aufzuklappen und mich bei kaufmich.com einzuloggen. Und alle Fenster wegzuklicken und in die Einstellungen zu gehen und auf Account löschen zu klicken, ich will ihn jetzt schnellstmöglich löschen, als könnte mein Mann, wenn es dieses Internet-Selbst noch gibt, einfach wieder von vorn über mich verfügen. Und plötzlich ist er weg, der Account. Die Seite ist leer. Nichts poppt mehr auf, keine Fenster und Bilder mehr, alle Videos weg, keine Bewertungen mehr, einfach nichts. Und ich bin frei. Und irgendwie laufen mir Tränen die Wangen hinab und das Telefon klingelt erneut.

»Es tut mir ja wirklich sehr leid«, sagt die Kriminalpolizistin. »Ja, also Sie tun mir sehr leid, das ist alles so verrückt. Aber ich muss diesen Mann morgen entlassen, wissen Sie. Vielleicht suchen Sie sich ein Frauenhaus? Wir können da vermitteln? Das geht auch mit Kindern.«

»Komisch, das fühlt sich an wie ein Rollentausch mit meinem, diesem Mann. Komisch, komisch, jetzt bin ich wieder die, die weggesperrt wird, die gehen muss, nicht er. Ich muss mich verstecken, damit er wieder hier sein kann, das sehe ich nicht ein, er sollte sich verstecken müssen, er sollte Angst haben müssen, jeden Tag, jeden Schritt, er sollte sich gefangen fühlen, er er er sollte sich einmal fühlen wie eine Frau, ängstlich, verfolgt, gefangen und versteckt, er er er, jetzt bin ich es wieder.« Und ich höre mich kreischen.

»Nun werden Sie doch bitte nicht hysterisch, Frau Zinnow, hysterischen Frauen will niemand helfen, wissen Sie, aber ich will Ihnen helfen. Das ist verrückt, ja, ich weiß, es ist so, aber es ist das Beste für Sie, in ein Frauenhaus zu gehen.«

Ja, das ist es, das muss es sein, verrückt muss ich sein, hysterisch muss ich sein, bemitleidenswert, ich will euer Mitleid nicht, ich bin nicht verrückt, ich bin nicht hysterisch, aber für die, die über mich urteilen, muss ich es sein, denn ich bin entweder verrückt, völlig verrückt, hysterisch und psychisch krank, ganz klar, oder ich bin wie sie.